D1351176

10
18

92, AVENUE DE FRANCE. PARIS XIIIe

Sur l'auteur

Robert Goolrick vit dans une petite ville de Virginie. Son premier roman, *Une femme simple et honnête* (2009), a été n° 1 sur la liste des best-sellers du *New York Times*. Ont ensuite paru : *Féroces* en 2010, dans lequel il raconte son histoire familiale, *Arrive un vagabond* en 2012, pour lequel il a reçu le Grand Prix des Lectrices de *ELLE* et le prix Virgin Megastore, et *La Chute des princes*. Tous ses romans ont été publiés aux Éditions Anne Carrière et sont aujourd'hui disponibles en 10/18.

ROBERT GOOLRICK

LA CHUTE DES PRINCES

Traduit de l'anglais (États-Unis)
par Marie de Prémonville

10/18

ÉDITIONS ANNE CARRIÈRE

Titre original :
The Fall Of Princes

Publié avec l'accord de Algonquin Books of Chapel Hill, une division
de Workman Publishing Company, Inc., New York, USA.
© Robert Goolrick, 2014.
© S.N. Éditions Anne Carrière, Paris, 2014,
pour la traduction française.
ISBN 978-2-264-07745-5

À Billy Lux, qui a disparu, et à Carolyn Marks Blackwood et Dana Martin Davis, qui se sont approchées.

L'invention de l'argent

Quand vous craquez une allumette, la première nanoseconde elle s'enflamme avec une puissance qu'elle ne retrouvera jamais. Un éclat instantané, fulgurant. L'incandescence originelle.

En 1980, j'ai été l'allumette et je me suis embrasé pour n'être plus qu'une flamme aveuglante. Cette année-là, j'étais un missile pointé droit sur vos tripes – dégage de mon chemin ou je t'abats. Je n'en suis pas fier. En fait, j'en rougis de honte rien que d'y penser. Mais c'était comme ça. Aujourd'hui je ne suis plus le même homme, tout est différent. À l'époque j'étais cette pointe de lumière ardente vers laquelle tout et tous convergeaient. On pouvait me voir distinctement depuis l'espace, étincelle blanche et pénétrante, traçant sans pitié ni culpabilité son sillon dans le cœur de la ville la plus chaude et la plus flamboyante du monde. Si vous aviez été de sortie dans le cosmos un de ces soirs-là, vous vous seriez retrouvé aux premières loges de mes outrances publiques et de mes excès privés. Sous la couette à mille dollars, sur le matelas à quinze mille, dans ma douche carrelée de marbre, ou dans la veste sur mesure en cachemire noir qui me tenait chaud les soirées neigeuses d'hiver – dans ma vaste illumination, j'étais incontournable.

Je ne le dis pas avec fierté. Je ne présente pas d'excuses. Je décris des faits irréfutables. J'avais tellement de charme que j'aurais convaincu un poussin d'éclore, ou vendu la clim à un Esquimau mort.

Après des milliers d'heures passées entre les mains des meilleurs entraîneurs dans la salle de sport la plus chère du monde, mon corps avait atteint une telle perfection que les femmes se bousculaient pour entrer dans ma chambre où elles restaient littéralement bouche bée, à remercier la chance qui les avait placées dans ma ligne de mire, qui avait fait d'elles, ne serait-ce qu'une nuit, les plus belles créatures de la terre, avec leurs bras graciles, leur épiderme aussi doux que la peau de chamois, leur odeur – mon Dieu, cette odeur – et leur chevelure dorée cascadant sur leurs épaules pour venir effleurer mon torse. Il suffisait d'un regard pour qu'elles sentent la chaleur et la faim tirailler leur ventre, avant même de connaître mon nom. D'ailleurs, elles s'en moquaient, j'aurais aussi bien pu être tueur en série qu'évêque.

Il fallait me voir, fermement campé dans mes chaussures Lobb directement envoyées de Londres, avec mes jambes puissantes, capables de soulever cent trente kilos de fonte ou de franchir les gratte-ciel d'un bond félin, et tout le reste de mon corps – bassin et hanches souples, ventre aussi dur et plat qu'un lac gelé et pourtant si chaud sous la paume. Peu importait à ces femmes de se faire marquer au fer rouge. Pareilles à ces toxicos incapables de s'arrêter avant la dernière dose, elles savaient bien qu'ensuite il y aurait le supplice du sevrage, et malgré ça n'aspiraient qu'à la jouissance aiguë de la piqûre, qu'à être pénétrées par l'aiguille incandescente – moi.

Le jour, on bossait comme des brutes.

Pour la génération précédente, le travail était devenu une valeur démodée. Nos pères et nos mères avaient considérablement restreint le champ de leurs ambitions. Nous, nous avions surgi de leurs rangs, armes à la main, telle Athéna du crâne fendu de Zeus, en poussant un cri de guerre, refusant que l'horizon jadis scintillant de palais et d'objets fantastiques se réduise désormais à une ligne plate. C'est ainsi que nos parents finiraient, pas plus riches et pas plus avancés, ivres de regrets, d'alcool bon marché et de bribes de rêves avortés, après avoir été tirés de leur assoupissement par une poignée de main molle pour se voir indiquer la porte, et s'échouer sur les rives de la vieillesse et de la mort avec pour seule consolation quelques photos d'enfants et de petits-enfants, une croisière tous les trois ans, hors saison, vers une destination au rabais, et la conviction mystérieusement acquise que c'était ça, le confort, que c'était là toute la grandeur à laquelle ils pouvaient prétendre, au bout de quarante années d'obséquiosité et de labeur ingrat et acharné.

À ça, on répondait : allez tous vous faire foutre ! On veut tout, et vous pouvez nous tuer sous le joug, on s'en tape. On veut des choses impossibles, uniquement des grands crus, le nec plus ultra dans tous les domaines. On veut des salaires équivalents à notre âge multiplié par cent mille. On veut cramer notre vie dans une course furieuse, on veut saccager, piller notre quartier, violer et détruire nos amis les plus chers. Nous n'étions pas inquiets. Nous savions qu'à condition de vouloir tous la même chose, chacun recevrait une part égale de gloire et de désolation. On se montrait d'une générosité grandiose à l'extérieur, et d'une mesquinerie absolue dans le secret de nos cœurs. On entonnait le chant du bourreau sur le chemin du boulot dans l'heure qui précède l'aube, et on passait nos journées à lancer les dés à l'aveugle, avec pour seul enjeu l'argent des autres, dans des salles sombres et sans horloges pour qu'on oublie toute mesure, tout étalon hormis le bourdonnement du fric. L'âme obscurcie par une insatiable avidité, on laissait notre moralité de plus en plus douteuse s'empêtrer, étouffer sous des couches et des couches d'objets, un amoncellement de choses, toujours plus, des costumes qui coûtaient davantage que ce que nos pères avaient déboursé pour leur première maison, des voitures d'un luxe indécent – sans parler des montagnes de PV que nous valaient nos petites pointes de vitesse quand on filait vers les paradis de Long Island East, où nous attendaient des piscines chauffées toute l'année.

BSD. C'est l'acronyme qu'avait trouvé quelqu'un pour nous désigner, nous et rien que nous. *Big Swinging Dicks*, les Grosses Bites qui se la Pètent, et ça nous était resté. On portait ce sobriquet comme une médaille d'honneur, tout en fourguant nos obligations pourries et nos titres de merde. Il y avait cent mille dollars à se faire, chaque seconde de chaque minute, l'allumette s'enflammait dans un rougeoiement atomique, illuminant nos visages, nos joues échauffées et nos paupières plissées, nos mégawatts de cupidité, de gloire et de voracité.

La nuit, on dormait comme des bébés.

Et j'avançais au milieu de cette foule d'hommes qui voulaient tous exactement la même chose que moi, je les cognais jusqu'à me transformer en colosse et pourtant ce n'était ni de la peur ni de la haine que je leur inspirais, mais de l'adoration – ils aimaient, ils recherchaient ma compagnie, tout en sachant que je les sortirais du court à coups de smashs, et qu'ensuite, comme un père qui bat ses enfants, je les couvrirais de cadeaux, de montres en or, de pulls en cachemire, et surtout que je les honorerais du don suprême : mon sourire aux dents parfaites, création originale du Dr Gregg Lituchy, de Central Park South.

Ça s'arrêterait forcément un jour. C'était inévitable. Le serpent finirait par se dévorer la queue, par manger son propre cœur, mais c'était sans importance. Ça ne m'atteignait pas, à l'époque. J'étais intouchable.

Vous voulez savoir comment j'ai décroché mon boulot ? comment tout a commencé ? De nos jours, ça ne se passerait plus de cette manière. Aujourd'hui, on se fait recruter par un algorithme obscur concocté par le P-DG, un programme qui prend en compte vos performances à Wharton, votre taille et votre carrure, votre engagement humanitaire au Guatemala l'année de vos seize ans et votre origine ethnique. Ou peut-être que, pour se faire engager aujourd'hui, le plus important est de ne pas avoir encore commis de crime majeur.

Mais cette année-là, celle de mon incandescence, pour décrocher l'un des postes les plus convoités de Wall Street, on jouait au poker. Le gagnant raflait la mise. Selon qu'il réussissait ou non à battre le P-DG aux cartes, il ressortait avec ou sans boulot. Laissez-moi vous décrire la scène : tout commence dès le troisième cycle. Vous vous faites courtiser, de loin, prudemment. Vous les devinez qui rôdent, puis qui se rapprochent, et brusquement vous sentez leur souffle sur votre nuque. Soudain, vous êtes surdoué, béni des dieux, élu. Puis ils passent à l'attaque, en deuxième année de MBA. Alors vous recevez l'appel que tout le monde attend dans votre classe. La Firme, la légende, le poids de la dignité et de l'argent sont à l'autre bout du fil et s'adressent à vous sur un ton poli et réservé. Il y a tant de non-dits, tant de codes tacites que vous n'êtes pas censé ignorer. On vous invite à New York, à travailler comme une bête de somme pendant un été, à vous épuiser en basses besognes, à bouffer des chiffres dix-huit heures par jour. Il va de soi que vous ne serez pas payé. Ce n'est jamais dit clairement.

Vous faites vos valises. Une jeune femme vous accueille à la gare, joliment moulée dans un tailleur sobre mais chic. Elle sait qu'elle n'ira pas loin dans ce monde presque exclusivement masculin. Elle est sortie major de sa promo à la Darden School. Depuis toujours, où qu'elle aille, elle est la personne la plus intelligente dans la pièce et, à vingt-trois ans, elle est déjà dans une impasse, certaine que ses performances les plus remarquables ne lui vaudront rien de plus qu'une ligne en gras sur un CV. Elle ne sera jamais aussi bien payée que les garçons, n'aura jamais autant de responsabilités qu'eux, mais au bout du compte tout ira bien pour elle. À vingt-cinq ans, elle passera à la Chase, où chacune de ses décisions sera applaudie, où l'on aura infiniment d'indulgence à son égard et où les portes s'ouvriront sur son passage dans un chuin-tement discret, tout ça grâce à cette petite ligne en gras qui confirmera qu'elle a travaillé pour la Firme. Même peu de temps. Elle prendra sa retraite avec un paquet de fric, une belle collection de bijoux, un mari, trois enfants et une maison à Greenwich.

Pour le moment, elle accueille les stagiaires, frais et dispos, ignorants, aussi lisses et crissants qu'un billet tout neuf. En dépit de vos protestations, elle hèle un porteur. Il y a une façon de faire, dans ce monde, et vous avez beau n'être qu'une insignifiante giclure de néant, une des règles veut que vous ne portiez pas votre valise vous-même. Vous suivez la jeune femme jusqu'à une limousine noire, la première de plusieurs centaines, de milliers de voitures si semblables que vous finirez par les trouver banales. À la Firme, on appelle ça les transports publics.

On vous mène jusqu'à un immeuble de Murray Hill, dont vous ignorez encore que c'est le quartier le plus terne et le plus sombre de New York, Murray Hill la déprime, et là vous découvrez un grand appartement immaculé où vous passerez l'été avec trois autres types qui hier encore jouaient à se claquer leurs serviettes mouillées sur les fesses dans les vestiaires des meilleures écoles du monde, et qui sont plantés dans leurs richelieus bordeaux rutilants et leur costume à fines rayures, avec sur le visage une expression de dévotion, d'avidité et de peur mêlées. Nombreux sont les appelés mais rares sont les élus, vous le savez tous, de même que vous savez que la majorité d'entre vous n'ira nulle part, passera son été à se tuer au boulot gratuitement pour retourner ensuite à ses livres et attendre un coup de fil qui ne viendra jamais. C'est là que tout commence, dans cette manière de se jauger, dans le coup d'œil furtif vers la jugulaire.

C'est le moment de la parade nuptiale. Jamais auparavant on ne vous avait léché les bottes. C'est désormais le cas. On vous observe, et on se pâme. Ces gens qui vous évaluent vous adorent, avec une ferveur à la fois sensuelle et pragmatique. À leurs yeux vous n'êtes rien de plus qu'un retour sur investissement potentiel, pourtant vous sentez leur amour, leur désir attisé par le fantasme de ce que vous pouvez faire pour eux. Vous devenez plus grand, plus fort et plus beau de jour en jour. Vous faites cirer vos chaussures chaque matin. Vous arrivez au bureau tellement impeccable, tellement amidonné qu'on pourrait

15

se raser au col de votre chemise ; à 11 heures vous n'êtes plus qu'une épave chiffonnée, et dans cette débandade due à l'impitoyable labeur, on ne vous en aime que plus.

On vous fait faire le tour du port à bord du bateau de Malcolm Forbes, *The Highlander*, où des serveurs en veste blanche vous apportent des Heineken nimbées de buée glacée, sous l'œil serein de la statue de la Liberté qui observe l'arrivée de la fournée annuelle d'immigrants. Vous avez envie de vous cuiter mais vous vous abstenez, vous rêvez de coucher avec ces femmes dans leurs tailleurs ajustés mais vous prenez sur vous, parce que vous craignez d'être contaminé par leur échec. Un pour cent d'entre elles entreront à la Firme, une sur mille montera les étages, et une sur un million décrochera la carte de BSD. C'est injuste. Peut-être, mais ce n'est pas vous qui dictez les règles.

On vous invite au théâtre. Assis au premier rang de l'orchestre, vous assistez à des spectacles ridicules dont toutes les places ont été vendues deux ans à l'avance. Vous allez voir jouer les Yankees chez eux, au Shea Stadium, où les héros de votre enfance sont si près que vous pouvez leur compter les poils des narines. On vous emmène au Garden pour un concert de Madonna, cette créature qui a su capturer l'esprit de l'époque et aspirer le monde dans les profondeurs de son vagin, cette BSD au féminin qui donne l'impression de vous regarder droit dans les yeux, vous et rien que vous, et qui vous électrise de sa puissance dès qu'elle ouvre la bouche, comme si elle refusait obstinément de céder, comme si, pour elle seulement, la première flambée de l'allumette durait à l'infini.

Vous passez vingt entretiens d'embauche, solennels et en tous points identiques, sauf que le bureau où on vous convoque pour venir réciter votre brillant

CV est de plus en plus vaste. Vous ne parlez de rien d'autre que de votre ambition. Eux évoquent la culture de la réussite, culture dans laquelle vous devez non seulement prospérer, mais aussi marquer l'histoire.

À chaque entretien, les questions se font plus pointues, plus personnelles. Vous droguez-vous ? Avez-vous jamais triché à un examen ? Menti au fisc ? Êtes-vous homosexuel ? Quel genre de rêves faites-vous pendant votre sommeil ? Avez-vous déjà eu des pensées suicidaires ? Toutes questions ouvertement illégales, même à l'époque, pourtant vous répondez sans hésiter, et la vérité parce que vous savez qu'ils connaissent déjà les réponses et qu'ils repéreraient le moindre mensonge à des kilomètres.

C'est comme un dépistage de la rage, mais effectué dans l'espoir d'un résultat positif. Seuls les chiens affamés et battus à coups de chaîne, ceux dont on a taillé les dents en pointe comme des pics à glace, les molosses lâchés dans l'arène pour tuer leurs congénères, décrochent l'entretien suivant, dans un bureau plus grand.

Détestez-vous vos parents ? Avez-vous jamais mis une fille enceinte ? Si oui, qu'avez-vous fait ? À quelle fréquence vous masturbez-vous ? Diriez-vous que c'est excessif ?

Et d'un bout à l'autre de l'entretien, on n'est que sourires, on vous parle d'une voix douce et aimante, prêt à envahir votre orifice le plus sacré, tout en assumant la tâche ardue d'aliéner votre esprit pour le fondre dans ce qu'on appelle de manière obsessionnelle la « culture » de la Firme.

« Quarante ou quarante, vous dit-on en souriant.

— Quarante ou quarante… Pardon ?

— La retraite, vous répond-on avec ce même rictus impénétrable, c'est à quarante ans, ou à quarante

17

millions de portefeuille. » C'est le moment où vous pourrez vous en sortir proprement et récupérer votre vie. Ce qu'il en restera, disons.

« Les taureaux font du fric, vous dit-on. Les ours font du fric. Les cochons se font égorger. » On vous raconte tout ça, et vous savez au fond de vous ce que ça signifie : ces mots parlent à votre cœur et à vos tripes comme aucune autre voix ne l'a jamais fait.

On vous le répète et vous le croyez. Si vous mettez la main dans votre poche, vous sentez le poids des quarante millions de dollars avant même d'avoir le gris aux tempes, et vous avez toute la vie devant vous. Une porte dorée ouvre sur la route éclatante, sur cette Ithaque rêvée décrite par Cavafy et vers laquelle vous voguez depuis tant d'années.

L'été s'achève. On vous serre la main, on vous dit à bientôt, même si tout le monde sait que c'est fort peu probable.

En novembre, vous recevez le coup de fil espéré. On vous envoie des billets de première, puis c'est la gare, les porteurs et la fille distinguée et sans avenir, la voiture aux vitres teintées qui vous conduit jusque dans le centre, dans cette tour noire en verre. La limousine se gare au milieu d'un groupe de limousines identiques, alignées sur vingt mètres et sur toute la largeur du trottoir.

Voici votre avenir. Ou pas.

Vous entrez dans le bureau du P-DG d'un pas confiant. Vous avez la paume sèche et la poignée de main chaleureuse, si ferme que l'onde fait vibrer votre avant-bras, tandis que vous embrassez le décor d'un seul regard, le bureau aux lignes pures, la maquette d'un yacht dont les trente-six mètres de vélocité doivent appartenir au type qui vous fait face, sa montre à vingt mille dollars, son costume sur mesure, ce regard direct qui dit qu'il vous aime bien mais vous tuerait sans la moindre hésitation.

Une de ses huit secrétaires – une jeune femme à l'allure de princesse européenne – prend votre manteau et le pend sur un cintre comme s'il s'agissait d'une œuvre d'art, puis le fait disparaître prestement. La décoration signée Mark Hampton, le célèbre architecte d'intérieur, rappelle le boudoir d'une maison de campagne anglaise, et vous savez sur-le-champ que ce n'est pas là que se concluent les affaires, que ces choses-là se passent ailleurs, afin que tout ce chintz et cet acajou ne soient pas dérangés par le moindre éclat de voix. Sur le bureau qui appartint jadis à Napoléon, un seul objet – un jeu de cartes à l'emballage encore intact.

« Le mobilier est authentique, dit le P-DG. Essayez de ne pas y coller votre chewing-gum.

— Mon CV, annoncez-vous en fouillant dans votre serviette en cuir T. Anthony.

— On s'en fout, rétorque-t-il. Votre CV a été vu plus souvent qu'*Autant en emporte le vent*. Vous n'êtes pas le plus malin, ni le plus crétin. Je sais tout de vous. Que vous avez couché avec Suzanne Martin, qui était beaucoup plus intelligente que vous et qui ne travaille plus ici. Non, les CV, c'est bon pour les autres. Voici ce qui va se passer. Nous allons faire une partie de poker. Une seule. Si vous gagnez, vous décrochez un boulot. Si vous perdez, *sayonara*.

— Bien, monsieur.

— À la fin de la partie, on vous rendra votre manteau et vous vous en irez. En sortant, vous recevrez une boîte. À l'intérieur se trouve un stylo Montblanc. On vous remettra également un carnet. Une fois dehors, vous signerez une page de votre nom. L'encre sera ou bleue, ou noire. Les contrats se signent en bleu. Ça permet de distinguer l'original d'une simple photocopie. Mais revenons au jeu. Nous allons modifier quelque peu les règles de l'abattage. Je vais étaler les cinquante-deux cartes sur la table, face au-dessus. La transparence totale : voilà un concept qui fait lui aussi partie de cette culture que vous aurez peut-être à intégrer. C'est vous qui piochez en premier. Vous pouvez choisir les cinq cartes que vous voulez. Une fois servis, nous pouvons jeter et remplacer autant de cartes que nous le souhaitons, après avoir vu celles de l'adversaire. Mais sachez bien qu'il y a une combinaison et une seule qui vous garantira de gagner, quoi que je pioche. Prêt ?

— Oui, monsieur. »

Nous scrutons tous les deux les cartes, quatre rangées de treize alignées sur le bureau de Napoléon. Brusquement, je me rappelle la main gagnante. À l'intérieur de moi, tout bascule, car je sais désormais que la victoire est dans la poche. Mais je décide de feindre l'incertitude. Sourcils froncés, je fais traîner, puis tends une main hésitante vers la pioche. Dans moins d'une minute, je serai l'un d'entre eux. Suis-je bien certain que c'est ce que je veux ?

L'espace d'une seconde, je me laisse aller à sonder mon cœur, et je contemple en moi l'empreinte des leçons de musique, des cours de dessin, du théâtre amateur à la fac. Je scrute celui que je me croyais destiné à devenir. Parce que, voyez-vous, je voulais être artiste, pour crier au monde l'indicible appel qui me tirait des larmes. J'avais beau n'avoir aucune idée de ce que je pourrais raconter, ça ne m'avait pas arrêté, du moins au début. Je travaillais dur et je ratais tout. J'avais écrit un mauvais roman, peint de mauvais tableaux, joué laborieusement dans des pièces dont je récitais les rôles sans jamais les habiter, jusqu'au jour où j'avais décidé qu'à défaut d'être expressif, je pouvais devenir riche. La beauté était une illusion trop éphémère, alors que l'argent, c'était l'essence même de l'époque, sa manifestation la plus authentique, et ne pas s'en saisir aurait été, pour citer le poète Oliver Wendell Holmes, manquer l'expérience fondatrice de ma génération. Quitte à ne pouvoir devenir celui que je rêvais, un artisan du Beau, autant suivre les conseils de mon père et faire une école de commerce. C'est là que j'ai attrapé le virus, que j'ai pris le pouls de l'argent qu'on gagnait dans ce pays, et j'ai voulu appartenir à ce monde, parce que nulle part ailleurs on ne voulait de moi. Je pensais pouvoir travailler parmi eux sans devenir un des leurs.

Moi si sensible, si poétique, si réceptif à la beauté de la vie, voilà que je me retrouve assis derrière le bureau de Napoléon à jouer au poker avec le diable. Encore un coup et je serai à lui. Je hais l'idée d'abandonner les rêves de ma jeunesse mais, en cette seconde, la seule chose que je désire, c'est gagner. C'est pourquoi je tire les quatre dix et le trois de cœur. Je pourrai toujours apprendre le violoncelle dans mes vieux jours, quand je serai débarrassé de tout ça. Peindre des aquarelles face à la mer, hors saison. Intégrer des compagnies de théâtre amateur locales pour y jouer des petits rôles, le majordome, le voisin – fard gras et courbettes sous les projecteurs.

Je classe mes cartes. Au-dessus de mon jeu, l'autre me fixe du regard. Il sourit et tire une quinte flush au neuf, à pique, qui bat mon carré de dix à plate couture. Mais il sait aussi bien que moi qu'il ne peut monter plus haut, obtenir une quinte flush au-dessus de neuf, parce que c'est moi qui ai les dix. En les piochant tous, je l'ai bloqué. Il l'a forcément compris, pourtant rien ne transparaît dans l'expression de son visage. Il faut dire qu'il a un avantage sur moi : lui a déjà fait ça des dizaines de fois.

Je jette mes cartes hormis le dix de cœur, et je tire le valet, la dame, le roi et l'as de cœur – quinte royale.

Nous nous dévisageons pendant un long moment. La partie est terminée. Nous reposons les cartes sur la table sans un mot.

« Voilà qui clôt cet entretien. Merci d'être venu. »

Nous nous levons, échangeons une poignée de main. La secrétaire me tend une boîte enveloppée dans du papier blanc et ornée d'un ruban en satin immaculé formant un nœud sur le dessus. Elle me donne également un carnet de pages vierges, relié de cuir, avec le nom de la Firme gravé en haut, et le mien, plus petit, en bas à droite. Je remarque qu'ils n'ont pas fait de faute.

« Bonne chance », me dit-elle comme elle l'a fait des centaines de fois.

J'attends d'être dans le train pour ouvrir la boîte. J'en sors le stylo plume noir et or avec son fameux logo au bout du capuchon, j'ouvre le carnet et je signe sur une page, à l'encre bleu roi.

Prêtez bien l'oreille. Vous entendez le craquement de l'allumette ? Vous sentez les relents de soufre ? Alors que le train quitte la gare pour s'engouffrer dans les tunnels obscurs et foncer vers l'avenir éclatant, je m'autorise un léger sourire.

Mieux vaut tard

Je suis désolé.

J'essaie de ne pas trop penser au passé. À ce qui fut et n'est plus. Je m'efforce – comment dire – de suivre le courant et de faire avec ce qui se présente. Mais, parfois, je me réveille au milieu de la nuit, en plein rêve, et ça me reprend. Le passé me submerge, et le sentiment de mortification est si intense que je le ressens physiquement, dans le scrotum, comme quand on imagine la fraise du dentiste vibrant sur ses dents. Pardon d'avoir supposé que je valais mieux que vous. D'avoir cru que l'argent était le marqueur d'une certaine supériorité morale. Pardonnez-moi de ne pas avoir assez songé aux difficultés des pauvres, à cette terrible lassitude qui les terrasse chaque jour au moment de se lever. Les pauvres ne parient que sur des chevaux perdants. Ils ne font que se séparer de choses sans jamais en acquérir, jusqu'à n'avoir plus rien dont ils puissent se défaire, plus rien de valeur hormis une photo défraîchie du mariage de leurs parents, ou une petite figurine offerte sur la promenade, par une journée heureuse au bord de la mer, l'exception dans une vie d'une monotonie sans fin. Les gens pauvres ne regardent jamais l'étiquette des vêtements qu'ils achètent chez Walmart pour en vérifier la composition. Eux ont peur de manquer de beurre, de sucre, de lessive. Ils subissent humiliation sur humiliation, à la station-service ils achètent des jeux à gratter avec l'argent des allocations, et ça ne leur rapporte jamais rien. Pour les pauvres, c'est toujours la veille de Noël, point barre. Noël ne vient jamais. Sans parler de toutes les maladies, ou du repas de Thanksgiving insipide qu'il faut attendre de se faire servir par les bénévoles quand on est sans-abri, sans parler des bons alimentaires, des dents gâtées ou de la laideur.

Pardon d'avoir cru que ce genre de malheurs n'arrivait qu'aux autres, et qu'ils vivaient sur une autre planète. Pardon, petite blonde, d'avoir filé aux toilettes entre le plat et le dessert, d'avoir attrapé mon manteau après une brève halte pour régler l'addition, d'avoir fui ce restaurant, par une soirée neigeuse de février, pour héler un taxi et foncer vers une atmosphère bruyante et surchauffée où la compagnie était plus séduisante. Combien de temps es-tu restée assise là ? Combien de temps as-tu supporté la condescendance méprisante des serveurs ? Quel effet ça t'a fait, de devoir quitter les lieux pour te retrouver sous la neige, n'ayant nulle part où aller, toute seule dans la nuit avec ton maquillage de pro et ta robe à sequins ? Tout ça pour rien, pour finir bafouée, avec à peine de quoi te payer un taxi pour rentrer chez toi, dans ton appartement partagé avec d'autres filles comme toi. Tu avais des jambes parfaites. Sous la robe vaporeuse, la courbe de tes seins était sublime. Tu avais claqué trois cents dollars chez le coiffeur pour ton balayage. Pour au bout du compte te faire abandonner dans le restaurant branché du moment, par un type qui ne se souvient même pas de ton prénom mais qui a raconté cette histoire des dizaines de fois, jusqu'à ce qu'elle devienne une blague éculée dont tu étais la chute.

Pardon d'avoir cru que débourser quatre cents dollars pour voir jouer les Knicks au bord du terrain, à trois sièges de Spike Lee, c'était une manière utile de dépenser son argent. Pardonnez-moi de m'être imaginé que rencontrer une star de cinéma était la même chose que *connaître* une star de cinéma – sans doute la caste la plus inconnaissable qui soit. La vérité, c'est que je n'éprouvais pas de respect pour mes choix, ni aucune fierté à me comporter ainsi. C'était simplement pour m'amuser, pour planer, pour la montée d'adrénaline de la flambe, si bien que l'argent que je gagnais ne signifiait rien pour moi. Il n'y avait ni temps ni avenir. Seulement un tas de fric. Je n'avais pas vraiment de scrupules à manipuler les espoirs de gens moins vernis que moi, qui jamais n'auraient en main les rênes d'un gagnant du Derby tandis qu'il galope vers la ligne d'arrivée – alors que je tenais la bride du grand étalon à longueur de journée.

Il est 3 heures du matin et le sommeil ne viendra plus. Il y a trop de fantômes dans la pièce. Non, je n'aime pas m'appesantir sur le passé, mais ce soir j'y suis de nouveau, dans la frénésie de la course, dans les indiscrétions vulgaires et le narcissisme débridé. Je me noie dans la culpabilité et le remords. Je suis fou de rage à l'idée que le passé soit révolu, irrévocablement, je déteste devoir faire laver mon linge dans une laverie de quartier, je déteste connaître le prix au litre du lait entier que je mets dans mon café, je suis révolté que les hommes et les femmes avec qui j'ai passé tant d'années soient perdus à jamais. Mes amours de jeunesse. Ils parlent une autre langue, dont j'ai oublié les tournures, l'argot et les inflexions. Je suis triste que les endroits où j'allais boire et danser, dîner et me dévoyer ne soient plus que des numéros dans le répertoire d'un autre. Je revois tout, je sens les addictions, mais les visages sont indistincts et les voix assourdies. Le passé est comme ces lieux où l'on rentre un jour pour trouver toutes les serrures changées et les pièces vidées de leurs meubles, de tous ces objets dans lesquels on avait placé tellement d'amour-propre que c'en était risible. Et ces gens, leur arrive-t-il de penser à moi ? J'en doute. Après tout, il existe des sujets bien plus intéressants. La gamme de la réussite compte un million de notes. L'échec, en revanche, n'est qu'un martèlement monotone sur le cuivre du gong.

Pardon, petite Française qui te baignais seins nus sur la plage de l'hôtel Delano. Frank avait parié que je ne pourrais pas te sauter avant 10 heures du soir. Je m'étais pointé à 10 heures tapantes avec toi à mon bras en annonçant : « Perdu », et Frank m'avait lâché un billet de cent dollars sous tes yeux. Tu étais descendue dans un motel ringard et n'étais venue au Delano que pour rencontrer des hommes riches et sympas. Des hommes comme moi. Quand je t'avais remise dans l'avion, tu m'avais dévisagé avec de la peur dans le regard.

Pardonnez-moi d'avoir pu m'imaginer que j'avais bon cœur. Quelle erreur. Pardon d'oser croire, aujourd'hui encore, que Dieu me garde malgré tout une place particulière en Son royaume, que toute cette souffrance a un sens. Pardon d'avoir confondu les limousines noires et les transports publics. Cette nuit durera éternellement. J'ai atteint l'âge des regrets, aussi accordez-moi cette heure blême pour me lamenter et m'apitoyer sur mon sort.

On traînait dans ce bar sportif où on mangeait mal et où on buvait des cocktails à la chaîne. On trempait le bout de nos cigares dans des verres de cognac Rémy Martin avant de les allumer, et on regardait des matchs à la télé. Pendant un temps, on a joué à un jeu, chaque soir. Ça s'appelait « En avoir ou pas ». L'idée, c'était d'exhumer un truc qu'on serait le seul autour de la table à avoir fait, ou au contraire à ne pas avoir fait. La règle tacite voulait qu'on dise la vérité. Quand l'un d'entre nous trouvait ce quelque chose qui le rendait unique, on commandait une tournée et on trinquait à sa santé, mais comme on buvait pratiquement en continu, on levait nos verres juste pour la forme. Les soirs où ça commençait tôt, les défis étaient presque exclusivement sexuels.

« J'ai fait l'amour sur le monticule du lanceur, sur le terrain de base-ball de l'université de Denver. » Détail amusant, la fille avait oublié que son fiancé, assis avec nous, serait contraint d'admettre qu'il était aussi de la partie, et qu'elle perdrait du même coup sa tournée.

« J'ai déjà fait un plan à trois. » Pratiquement tout le monde avait levé le doigt.

« Je me suis masturbé devant un film.

— Au cinéma, ou chez toi en regardant un porno ?

— Au cinéma. »

Il se trouve qu'un tas de gens se sont masturbés au cinéma, surtout à l'adolescence. C'est presque inévitable, avec ces gigantesques images éclatantes, ces bouches sensuelles, ces dialogues chuchotés. C'est, par définition, intrinsèquement érotique d'être assis là dans le noir.

Une fois éclusées les frasques sexuelles standard, les aveux devenaient à la fois plus banals et plus fascinants. Il avait fallu des semaines pour que les singularités de chacun émergent, mais alors c'était devenu franchement captivant. On passait la journée à réfléchir au petit détail insolite qui nous distinguerait et nous rendrait dignes d'un toast.

Dan annonça : « Je ne suis jamais allé me baigner. Je n'ai jamais mis les pieds dans l'eau. » Tout le monde trinqua.

Un soir, June dit : « Je n'ai jamais bu de bière », et je vous parle d'une femme qui possédait un restaurant mexicain et qui n'était jamais la première à rouler sous la table.

Quand Teddy a prétendu ne jamais avoir pris de photo, on n'a pas pu y croire.

Et puis, un soir, après une longue période peu inspirée, j'ai balancé un coup gagnant garanti : « J'ai eu des relations sexuelles avec un animal. »

À ce stade, on n'en était plus à s'offusquer des vicissitudes du comportement humain, mais je notai tout de même quelques haussements de sourcils, et une ou deux personnes levèrent leur verre, jusqu'à ce que Teddy, petit gars propret et tatillon, renchérisse : « Moi aussi. »

Tous les verres s'abaissèrent et on se lança dans un débat sur le où, le pourquoi et le comment de la chose, sur la façon dont c'était physiquement possible et ainsi de suite, mais l'une des règles à ce moment-là voulait qu'on évite de trop approfondir quoi que ce soit. On n'avait pas à s'expliquer, juste à se démarquer du troupeau.

Ce fut de nouveau mon tour, et j'annonçai : « Un jour j'ai largué une fille et elle s'est suicidée. » Et alors Teddy remit ça : « Moi aussi. » Toute discussion cessa net et on ne rejoua pratiquement jamais à ce jeu. On avait levé trop de lièvres et placé la barre trop haut, en matière de confidences. Personne ne raffole de l'idée de s'épancher dans un bar glauque.

Imaginez un peu : deux personnes ayant vécu séparément ces deux expériences. Ça dépasse l'entendement et les lois de la probabilité.

Pardonnez-moi de livrer aussi froidement les détails de ma vie, et l'intimité des autres.

La fille qui s'est suicidée avait été ma première petite amie à l'âge adulte. Douce mais compliquée. Au moment de sa mort, elle avait vingt-quatre ans. Comme moi. On était sortis ensemble à la fac, mais on s'était séparés peu après que j'avais quitté le bercail pour voyager en Europe. On s'était remis en couple en arrivant l'un et l'autre à New York. Elle était mon amour de jeunesse, mais ma jeunesse était terminée, et ses minauderies avaient commencé à m'agacer, alors je l'avais larguée. Elle voulait tout le temps rester à la maison alors que je ne rêvais que de sortir, de me shooter et de danser toute la nuit. J'avais peu à peu pris mes distances, elle était devenue un pan d'une vie qui n'était plus la mienne, et j'avais mis fin à notre histoire de manière abrupte et cruelle. Je commençais à peine à travailler, j'étais surexcité à l'idée qu'on me paie pour, en gros, prendre des paris et lancer des dés toute la journée, et elle n'allait plus dans le décor. Ce que je voulais, c'était le monde. Mais sans elle dedans. C'était trop de problèmes pour rien, elle m'encombrait. Elle manquait de finesse. Ce qui autrefois faisait son charme était devenu sa tare.

Puis j'avais reçu un appel, deux mois plus tard. Elle avait été enceinte. Elle s'était déjà fait avorter – toujours son esprit pratique, son efficacité dans l'action – et elle voulait que je règle la note, ce que j'avais fait. Quel gentleman aurait refusé ? Nous nous étions retrouvés dans un café sur Bleecker, je lui avais tendu de l'argent liquide, plus qu'il ne lui en fallait, puis chacun avait repris son chemin. Elle m'a écrit un mot, que j'ai toujours, avant de se trancher les veines dans sa baignoire. Ses parents étaient effondrés, incapables de comprendre ce qui avait bien pu se passer. J'imagine que c'est toujours comme ça. Je ne leur ai jamais parlé du mot, ni de la grossesse, encore moins de toutes les fois où j'avais prié pour être libéré de leur fille.

Aux obsèques, j'avais eu le culot de pleurer comme un veau. Son amie Ruth m'avait demandé pourquoi je versais des seaux de larmes, et j'avais répondu que je regrettais de ne pas avoir été mis au courant. Parce qu'à la réflexion j'en aurais bien voulu, de ce bébé. « Mais ce n'était même pas le tien, avait rétorqué Ruth en remettant son chapeau en place. Le père était un type qu'elle avait rencontré, et qui te ressemblait vaguement. »

Les femmes sont capables de vengeances tellement profondes et raffinées.

Je ne peux même pas prononcer le nom de cette fille. Je me rappelle tout d'elle, sa douceur, son côté enjoué et sa façon de m'aimer. Je me souviens d'elle dans mes prières, mais le pardon le plus charitable ne saurait défaire ce que j'ai fait.

C'est la dernière petite amie gentille que j'aie eue. Et je me suis servi d'elle comme d'une main gagnante dans un jeu d'ivrognes.

Aujourd'hui, l'enfant aurait un peu plus de trente ans, je l'imagine comme une belle personne avec la vie devant elle, offerte comme une étendue de neige jamais foulée.

Je serais un homme meilleur. Je ne serais pas seul. Je recevrais une carte et un coup de fil pour mon anniversaire. Au milieu de la nuit, j'entends sa voix, c'est toujours « lui », jamais « elle », parce que je ne saurais pas me dépatouiller d'une fille, et il dit « Salut, p'pa » avec cette manière de s'adresser à son père que ma mère aurait qualifiée de vulgaire, et je sens une onde de chaleur se répandre dans mon cœur.

Je ne veux pas dire le nom de cette fille, même seul dans le noir, à 3 heures du matin, dans mon appartement où tout respire le deuil, où le peu que je possède me rappelle en creux tout ce que j'ai possédé un jour, comme s'il y avait encore une Rolex en or sur la table de nuit, les clefs d'une Mercedes CLK sur mon bureau, avec le porte-clefs Tiffany en argent, et le Schnabel au mur, alors qu'aujourd'hui plus rien de tout ça n'existe, sinon dans des lieux auxquels je n'ai pas accès – une vitrine de montres de luxe d'occasion ou l'entrepôt Christie's où s'entassent les Schnabel en attendant que sa cote remonte.

« Salut, p'pa. » Ça compterait tellement, pour moi, aujourd'hui. Mon anniversaire passe totalement inaperçu. Je m'achète un gâteau, je le fais orner de mon nom, et j'en prends une part après avoir mangé ma boîte de sushis à emporter à la table de la cuisine. On s'obstine à faire ce genre de petites choses pour soi, parce que le jour où on arrêtera, ce sera le signe qu'on aura cessé d'exister. Avec les vendeuses de la pâtisserie, il faut faire semblant d'acheter le gâteau pour un ami, d'organiser une grande fête – « Qu'est-ce que vous avez, pour vingt personnes ? » – et c'est comme ça que vous vous retrouvez assis dans votre cuisine avec un énorme gâteau sophistiqué pour vingt, avec votre nom écrit dessus en glaçage fondant, et vous vous sentez plus déprimé que vous ne l'avez jamais été. Mais, une fois la boîte de sushis jetée et l'éponge passée sur la table en formica pour effacer les gouttes de sauce soja, une fois la petite vaisselle rangée – il faut se tenir à cette discipline dérisoire, sinon tout fout le camp –, vous vous asseyez, vous plantez une unique bougie dans ce gâteau que vous vous êtes acheté tout seul, vous l'allumez et vous faites un vœu avant de souffler. Puis vous coupez une grosse part de cette énorme chose et vous la mangez, en sanglotant à chaque bouchée écœurante.

Pour mon anniversaire, je m'offre une cravate, je la fais emballer, et j'ouvre mon cadeau en feignant la surprise. Et j'attends que le téléphone sonne, pour entendre cette voix à l'autre bout qui me dira « Salut, p'pa ».

Je suis navré. Mon chagrin est sans fond, plus étouffant que le gâteau, plus agressif que l'emballage criard de la cravate minable.

Je lave l'assiette et la fourchette, je les range, ensuite je remets le gâteau dans sa boîte en carton, avant de la balancer dans le vide-ordures, pour les rats. Joyeux anniversaire, les rats.

Ses cendres avaient été dispersées en mer, au large de Montauk Point, et pour ma part j'étais allé faire une petite pause chez Miss Valentine Lutrell, dans son *Établissement pour personnes ayant fâcheusement perdu la tête, soit qu'elles se fussent montrées négligentes ou imprudentes, soit qu'on la leur eût dérobée.* J'y étais resté huit semaines, sans recevoir un seul coup de fil, hormis de ma mère pour me demander « Qu'est-ce que tu as encore fait ? », et je lui avais raccroché au nez. Comme si, quoi que j'aie pu faire, c'était forcément contre elle, comme si mon but ultime, dans la vie, était de ruiner la sienne. Pourtant mon casier n'est pas très rempli, si vous voulez savoir – c'est assez ironique, dans la bouche de quelqu'un qui a connu la taule, ou quasi. On m'a interné quatre fois, deux fois en désintox pour des addictions diverses, et deux fois à l'asile. Pas mal, pour un type de mon âge. Je vois ça comme la révision des vingt mille, comme si je conduisais la voiture au garage avant que le moteur brûle ou gèle, ou je ne sais quoi d'autre que fait un moteur quand il lâche.

Une fois ma part de gâteau avalée, entre les piéti-
nements et les grignotements des rats, je pends ma
cravate au milieu des dizaines d'autres que je ne porte
pas, puis je m'assieds pour attendre que mon fils
appelle. Au fil des ans, j'ai pris possession de lui et
lui de moi, et je l'ai regardé grandir, je n'ai jamais
raté un match de base-ball ou un spectacle de l'école.
Salut, p'pa. C'est un homme bien, mon fils. Il est
adulte, aujourd'hui, et marié. Et la seule chose que
je puisse dire, c'est : « Je suis désolé. »

Je présente mes excuses, même tardives. Vous êtes
satisfaits, maintenant ? C'est moi qui vieillis seul.
Moi qui suis assis à la table de la cuisine, à plier
consciencieusement le papier d'emballage pour m'en
resservir plus tard, lors d'une occasion imaginaire. Si
je pouvais, je vous emballerais un petit cadeau avec.
Ça me ferait plaisir de vous offrir quelque chose.
Pourtant je vais ajouter ce papier-là à la pile et aller
me coucher seul, pour me réveiller à 3 heures du
matin en croyant avoir entendu le téléphone. Mais il
ne sonnera pas, jamais, sauf quand un démarcheur
quelconque m'appellera. J'animerai la conversation,
jusqu'à ce que le type soit parfaitement convaincu
que je suis fou et raccroche.

En dehors de ça, que pourrais-je proposer, en guise
de réparation ? Je peux toujours entrouvrir légèrement
le rideau sur mes secrets. Elle s'appelait Diana.

Et moi ? Comment je m'appelle ? C'est sans importance. Aujourd'hui, quand je vais travailler, j'ai mon
nom sur un badge de l'entreprise, c'est obligatoire.
Depuis le 11 Septembre, porter une étiquette à mon
nom me fout la trouille. Autrefois je l'avais fait graver
sur ma plaque d'immatriculation. Mais personne ne
regarde jamais mon badge, et les dames qui inscrivent
mon prénom sur mon gâteau d'anniversaire l'oublient

avant même que le glaçage durcisse. Je sais que je m'y prends un peu tard, mais tout ce qui compte, c'est ce que je dirais, si j'entendais au bout du fil la voix de mon fils me dire « Salut, p'pa ».

Je suis désolé.

La liberté ou la mort

Quand il a fallu me virer, ils se sont déplacés en nombre : le type derrière le bureau de Napoléon, trois émissaires de la direction du personnel, mon supérieur hiérarchique et quatre avocats. Comment aurais-je pu leur en vouloir ? Ils avaient fait tout leur possible. Au début, ils m'avaient prodigué quelques conseils amicaux sur la conduite à tenir, assez rapidement suivis d'un recadrage plus formel. Puis on m'avait envoyé en cure de désintox – deux fois, donc –, ce qui ne m'avait pas empêché d'alimenter trois gros dossiers intitulés « Incidents ». Pour finir, je n'avais pas pu couper au rendez-vous à la Maison Mère. Là-bas, strictement rien n'avait changé depuis la première partie de poker, si ce n'est que la maquette du yacht avait été remplacée par celle d'un modèle plus imposant, cinquante mètres de teck au bas mot. Après l'échec des mesures précédentes, je m'étais vu convoquer aux aurores, frais et dispos dès 7 heures du matin. Ce qui s'était dit à cette réunion tenait en un mot : dehors !

C'était un jeudi. C'est toujours le cas : ça vous laisse un long week-end pour vous suicider.

J'étais planté là, archétype de l'alcoolo-toxico en col blanc, rasé de près, manucuré, et totalement défoncé. Le silence m'a paru durer une éternité – pas un mouvement, pas un souffle d'air, comme disait ma grand-mère les jours de canicule. Jusqu'à ce que l'Homme se décide à parler.

« Vous êtes viré. »

Je n'ai pas cillé. La sueur me coulait le long du dos et détrempait mon costume à cinq mille dollars. Les gens du personnel prenaient des notes tandis que les avocats contemplaient leur reflet dans leurs chaussures lustrées.

« Vous voulez savoir pourquoi ? » a-t-il demandé ensuite.

Je n'ai rien répondu, je n'ai pas bougé d'un poil.

« Est-ce que… vous voulez… savoir… pourquoi ? a-t-il répété en haussant imperceptiblement la voix.

— À quoi ça pourrait bien me servir ? j'ai répliqué.

— Alors sortez de mon bureau ! » a-t-il hurlé, et cette fois-ci j'ai tressailli.

J'ai pris la porte. Les huit secrétaires étaient tellement gênées qu'elles n'ont pas osé lever les yeux vers moi. J'ai entendu la voix dans mon dos, qui cette fois braillait franchement.

« Attendez ! Vous, là ! Revenez ici ! »

Je me suis arrêté. « Non. Je ne crois pas que j'en aie envie. Non, vraiment. »

Là les secrétaires, les huit, m'ont dévisagé d'un air horrifié. Jamais personne n'avait encore dit non à cette voix-là.

« Oh que si ! a-t-il aboyé. Si tu veux retravailler un jour dans une salle des marchés, tu vas ramener ton cul ici, et plus vite que ça. »

Il avait raison, je le savais. J'ai fait demi-tour et j'y suis retourné, et il a fait le tour de son bureau pour se planter face à moi. Là, il m'a fusillé d'un regard chargé de haine à l'état pur. Je le dépassais de vingt bons centimètres, pourtant, allez savoir comment, nos yeux étaient sur une même ligne. On est restés face à face, lui vibrant d'animosité, moi transpirant tellement que la sueur me dégoulinait le long des joues et gouttait sur ma cravate Charvet. Combien de temps ça a duré ? Deux minutes ? Trois ? Peu importe, c'était long. Il a explosé comme le Vésuve, crachant du venin et de la bave en guise de lave. Jamais auparavant je n'avais entendu une voix pareille. Ni depuis, Dieu merci.

« Maintenant, fous le camp de mon bureau ! »

Les bonnes manières, c'est une chose indéfinissable. Une fois qu'on les a acquises, c'est comme une seconde nature. On les porte avec soi en permanence, en toute circonstance, et elles ne vous font jamais faux bond.

Dehors, derrière la baie vitrée de son bureau du trente-huitième étage, j'ai vu surgir un tourbillon d'oiseaux chamarrés. Ils s'élançaient, s'immobilisaient brusquement pour planer un instant, puis repartaient de plus belle, étincelants de vie, d'allégresse et d'une beauté délicate et précieuse. Dans la lumière du petit matin, ils n'avaient d'autre préoccupation que de dessiner ces courbes d'une grâce inimaginable. Ou peut-être les ai-je rêvés. Je n'avais qu'un souhait, en cet instant, c'était de traverser la vitre pour les rejoindre, m'étourdir de couleur et d'élan – puis de plonger en piqué sur trente-huit étages pour aller m'atomiser sur le toit d'une de ces voitures noires qui attendaient éternellement dans la rue.

Au lieu de quoi, j'ai tendu la main à l'Homme. J'ai carrément projeté mon bras en avant dans l'intention de lui serrer la main, en signe d'adieu. Pour une raison obscure, sans doute le poids de mon éducation et le diktat des bonnes manières, ça m'a soudain paru la chose à faire – se saluer avec noblesse et virilité, comme des duellistes irréconciliables mais respectueux l'un de l'autre.

Il a visiblement pris mon risible scrupule pour de l'insolence. Et il m'a giflé.

J'ai quitté son bureau, abandonnant derrière moi le peu de dignité qui me restait, et mon ultime geste de triomphe. Je suis parti, tournant le dos à cette vie qui autrefois était la mienne et ne le serait plus jamais.

Quelle tristesse, quelle élégance dans le ballet splendide des oiseaux.

Carmela

Carmela demanda le divorce le jour même de mon licenciement. Nous nous aimions pourtant du fond du cœur. Nous avions vécu ensemble cinq ans, avant de nous marier. Et quel mariage ! Une réception à un demi-million de dollars à East Hampton, avec des invités de marque tels que Lee Radziwill – la sœur de Jackie Kennedy – et Henry Kissinger, prix Nobel de la paix, tout de même. Une partie de la fête s'était déroulée au milieu des dunes, devant la maison qu'on nous offrait pour l'occasion. On avait fait allumer des lampes à arc sur l'océan rien que pour nous, pour que les invités voient bien les rouleaux déferler.

Mais Carmela était une fille brillante, elle comprit immédiatement que j'avais abattu toutes mes cartes et que je n'avais plus de jeu. Elle voulait tout : la maison, les meubles, les œuvres d'art. Je les lui donnai de bon cœur. Elle avait l'habitude des belles choses, moi je l'aimais et il se trouve que j'en possédais, des belles choses, alors je l'ai laissée tout prendre. Quand le type s'est pointé pour me donner les papiers du divorce, j'en connaissais le contenu avant d'ouvrir l'enveloppe ; pourtant, même à ce moment précis, la seule chose à laquelle je pensais, c'était à mon amour pour elle, et bien que son intention ait été de ne jamais me revoir, je lui souhaitais intérieurement le meilleur.

Le mur effondré, le toit et la tour en flammes
Et Agamemnon, mort.

Tandis que je lisais les documents, j'étais hanté par les détails. Jamais plus nous ne louerions les services d'un traiteur avec serveurs en veste blanche pour recevoir vingt-cinq personnes à dîner. Fini, le ski nautique en tandem à Saint-Barth. Et le pire de tout, c'est que nous nous séparions sans descendance, selon l'expression consacrée. Jamais je n'aurais d'enfants pour m'adorer et me réconforter dans mes vieux jours. Quant à ma jeunesse, elle s'achevait en cet instant.

Carmela me donna vingt-quatre heures pour récupérer mes effets personnels – j'adore cette expression, on se croirait sur une scène de crime – et les faire disparaître de l'appartement. Elle alla s'installer au Plaza et déjeuna chez Grenouille avec sa mère, qui en connaissait un rayon dans l'art du divorce puisqu'elle en avait déjà bouclé trois.

Je reçus un coup de fil de Fanelli, mon collègue braillard et adorable, et accessoirement mon meilleur ami. « Voilà ce qu'on va faire. Prends trois rouleaux de pièces, retrouve-moi dans un tripot quelconque, et on va se biturer la tronche en plein jour pendant que tu appelleras tous les chasseurs de têtes et tous les contacts que tu as en ville. Dans le monde, même. À Genève, à Tokyo. On va te trouver quelque chose. T'inquiète. »

On s'y est collés. Quand je repense à toutes ces pièces qui tombaient dans la fente… Le téléphone sonnait, encore et encore, les gentilles secrétaires me répondaient comme si j'étais leur jeune frère rentrant de la guerre, tout en refusant de me passer le type que je tentais désespérément de joindre.

La gifle de l'Homme m'avait fait passer du statut de BSD à celui de paria, et l'histoire s'était répandue comme une traînée de poudre, si bien que dans l'heure qui avait suivi tout le milieu était au courant. J'avais été le taureau le plus prometteur de l'enclos. Soudain, je n'étais plus qu'une vieille rosse en route pour l'abattoir, et personne ne voulait prendre mon appel. Ni aujourd'hui, ni plus jamais. C'était bien clair. On ne peut plus limpide.

Avant même que les oiseaux tourbillonnants ne se soient posés, Carmela avait eu vent de l'affaire par son beau-père, lequel lui avait donné toutes les instructions nécessaires, pas à pas, pour être bien certaine de me mettre totalement à poil. La première étape consistait à vider nos comptes communs (ce qui ne me laissait que ma cagnotte secrète, néanmoins coquette, dans les îles Caïmans) pour placer notre argent – autrefois le mien, devenu le nôtre, et désormais le sien – bien au chaud dans la banque de ce même beau-père. Puis elle avait rendu visite à l'avocat (sans oublier toutefois de prendre le temps d'une petite mise en beauté des mains et des pieds), qui lui avait expliqué la démarche à suivre pour s'assurer qu'il ne resterait plus rien à mon nom. Elle avait passé ses mains parfaitement manucurées dans sa chevelure savamment désordonnée, puis elle avait signé les documents un à un, jusqu'à ce qu'il n'y ait plus rien à récupérer.

Je l'aimais de chaque atome de mon être. Elle était inscrite dans mon cerveau et dans mon sang, et la perdre était bien plus violent que de me faire gifler. Je sais qu'elle m'aimait. Ou du moins, tant que j'avais été au sommet de la vague. Et pourtant, il avait bien

41

fallu qu'elle se rende à l'évidence, tout comme moi. Dans mon stylo, l'encre bleue avait viré au noir, et aussi bien le contrat signé entre nous que les serments d'amour fou murmurés sur l'oreiller au milieu de la nuit étaient désormais nuls et non avenus.

Je ne lui en voulais de rien. Je n'en avais pas la force.

Car qu'aurait-elle pu faire, étant ce qu'elle était ?
Quelle autre Troie aurait-elle pu livrer aux flammes ?

Différences inconciliables. Voici bien les deux mots les plus tristes qui soient.

J'ai appelé les déménageurs et regardé mes splendides affaires s'entasser dans les casiers et les cartons – des costumes, des chemises et des chaussures qui valaient le prix d'une maison. J'ai emporté les draps, tellement sublimes qu'ils auraient pu faire l'objet d'une exposition dans un musée. J'ai pris les serviettes de toilette brodées à mes initiales. Et aussi le dentifrice. Tout ça est parti pour l'Illustre Taudis, mon tout premier appartement d'avant la splendeur, un placard à balais infesté de rats, et quand les déménageurs sont entrés là-dedans après avoir grimpé cinq étages, la déception et la compassion se lisaient tellement sur leurs visages que je leur ai laissé un généreux pourboire, afin qu'ils oublient avoir mis les pieds dans ces pièces miteuses et avoir été témoins de l'échec qui avait rendu cette triste déchéance inévitable.

J'ai balayé l'appartement d'un regard désespéré, puis commencé à ranger mes affaires dans les placards inadaptés. Un souffle malveillant se levait, les sept vents mauvais du monde soufflaient ensemble dans mon cœur, couchant les blés et desséchant le paysage, jadis verdoyant, pour ne laisser sur leur passage que le désert. Jamais je n'avais aimé quiconque autant que Carmela en cet instant. Et je savais qu'il en serait toujours ainsi. Le moule de l'idylle parfaite avait été cassé pour de bon et rien ne pourrait jamais le réparer.

Là où j'habite pour de vrai

Je me réveille dans le noir, au bout de la nuit. 4 h 06, indique le radio-réveil. Je vais pisser. Fumer. Je sais, c'est mal : de manière générale, avec les détails médicaux qu'on a aujourd'hui, avec toutes les stars de cinéma qu'on a vues mourir, sans parler des proches qu'on a perdus, plus personne ne devrait fumer. Mais que voulez-vous, je n'y peux rien : je suis accro. Non, surtout, je ne devrais pas allumer une cigarette à 4 h 06 du matin, tant qu'il me reste une chance de me rendormir. Parce que ensuite j'ai le cœur qui s'emballe. Et alors il m'arrive de drôles de choses, j'ai l'impression d'être emprisonné sous les couvertures devenues trop lourdes, comme dans une camisole de force. Ou de me retrouver dans un bungalow bas de gamme à Los Angeles, en plein décor glauque de film noir. Si je vivais effectivement à Los Angeles, je ne dirais jamais « L.A. ». En revanche, si j'habitais à Las Vegas, je dirais toujours « Vegas ». Voilà le genre de pensées saugrenues qu'on a, sur le coup de 4 h 07, quand la nicotine fait pulser le sang trop vite.

Parfois, j'allume la radio et pendant un moment j'écoute du rock alternatif sur la station de l'université de Pennsylvanie. My Morning Jacket. Placebo. Ray LaMontagne, qui travaillait autrefois dans une usine de chaussures. Pink Martini, un groupe de douze personnes originaires de la côte Ouest qui a vendu des centaines de milliers d'exemplaires de son CD fabriqué dans un garage. Je mets le volume bas et, malgré le cœur qui tambourine et mon impatience d'être à demain, je me sens libéré de toute angoisse.

Demain, ou plutôt aujourd'hui, c'est le premier mardi de décembre. Et au début de chaque mois, je vais visiter des appartements.

J'ai un poste chez Barnes & Noble et je suis de repos les lundis et mardis, vu que je travaille tous les samedis, plus les dimanches après-midi après la messe. Je vais à l'église chaque semaine, je donne de l'argent pour la quête, même si j'ai perdu la foi il y a bien longtemps. Il faut croire qu'il me reste une forme d'espoir, que quelque part au fond de moi je suis toujours réceptif au miracle de la vie, et j'attends que la foi me soit rendue. Jusqu'ici, ce n'est pas une réussite. J'écoute les prêtres qui ânonnent : leurs voix sont censées réconforter, mais moi je les trouve plutôt irritantes – et pourtant, j'y retourne. Je mets un de mes costumes datant de plusieurs décennies et je prends place au milieu d'un océan de visons et de vestes en laine coupées à la perfection, et ensuite je vais travailler, toujours en costume.

Je suis le seul vendeur de la librairie à porter des chaussures en cuir à semelle rigide. Même si personne ne regarde jamais mes pieds, ça me donne l'impression d'avoir un vrai métier, d'être un peu plus que le type qui glisse votre carte bancaire dans la machine. Je suis très méticuleux, et les gamins en T-shirt Barnes & Noble me trouvent bizarre, mais je badine avec eux, c'est exactement le mot, et puis j'en sais autant qu'eux en matière de rock alternatif. Ajoutez à ça que je suis doué pour résoudre les inévitables bugs de leurs caisses informatisées, et vous comprendrez pourquoi on s'entend bien.

Ce que je fais du reste de mes jours de congé n'est pas passionnant. Pour commencer, je coupe le téléphone, même si de toute manière pratiquement personne ne m'appelle, sauf parfois ma sœur qui habite au nord de l'État, mais ce n'est pas le sujet. Je vais à la supérette me ravitailler pour une semaine entière, alors que je prends la plupart de mes repas au petit restaurant du coin de la rue. Mais j'aime la vision d'un réfrigérateur plein, les infinis possibles qu'elle ouvre. Je paie les courses par carte. À la fin de la semaine, je jette ce qui a pourri et je retourne faire le plein. Je porte mon linge dans ma laverie de quartier, où on me le lave et me le plie, quant aux draps je les confie à une Chinoise. Je me rends au Metropolitan Museum of Art pour voir une douzaine de tableaux, toujours les mêmes. J'ai une carte d'abonné. Rien que de très normal. Vous en faites sans doute autant vous-même, pendant vos jours de repos. Vous portez vos chemises au pressing, vous faites une course. Une petite sieste. Vous vous isolez dans votre atelier pour sculpter le bois ou vous livrer à je ne sais quel autre hobby.

Ma passion à moi, c'est de visiter des appartements dans lesquels je n'emménagerai jamais.

Le lundi, je vais prendre rendez-vous. Je m'habille toujours avec soin, pas trop chic, pas en costume, mais je choisis un beau blazer et un pantalon à pinces tout droit sorti de chez le teinturier, si bien que les plis ont l'air tracés au rasoir. On vous fait remplir une fiche : quels sont vos revenus, quel genre de bien recherchez-vous, quel est votre budget. Je mens systématiquement. Je leur donne une fausse identité. Billy Champagne, un nom que j'ai entendu une fois dans les vestiaires d'une salle de sport dont j'étais membre. Le Billy

Champagne en question disait à un de ses amis que s'il se tuait à l'entraînement, c'était uniquement pour trouver un exutoire à son énergie débordante depuis qu'il avait arrêté de boire. Il racontait qu'auparavant, quand il travaillait à Wall Street, il descendait un litre de whisky avant l'heure du déjeuner, quotidiennement. Et alors tout le monde – je vous jure –, tous les gars dans le vestiaire ont lâché un « Mon Dieu » à mi-voix, à l'unisson, avec un mélange d'admiration et d'effroi. Billy Champagne, c'est comme ça que s'appelait ce gars, avait un beau corps puissant, il était bâti comme un défenseur de football américain. L'ironie de son histoire m'a marqué, c'est pourquoi je me sers de son nom. Je serais heureux d'*être* Billy Champagne, sobre ou ivre mort.

Je prétends gagner trois cent cinquante mille dollars par an et être prêt à en mettre quatre mille cinq cents par mois dans un deux ou trois pièces. Je sais très bien que, de toute manière, avec des chiffres pareils, on me montrera des appartements beaucoup plus chers. Parfois j'ajoute que je suis disposé à voir des lofts, des espaces plus ouverts. J'exige de visiter autant de lieux que possible le mardi, à partir de 10 heures du matin.

Je ne retourne jamais chez le même agent immobilier avant au moins six mois. Eux s'en moquent éperdument. Ces gars-là vivent aussi d'espoir. D'espoir et de cupidité.

Je reste allongé dans le noir un long moment. Je m'offre une autre Marlboro rouge. Il faut me voir fumer une cigarette : je le fais avec une élégance mêlée de volupté. Puis je l'éteins dans le cendrier en argent de ma mère et coupe la radio quand l'université de Pennsylvanie rend l'antenne, après la fin de l'émouvant « Because of Toledo », de The Blue Nile. Cette chanson me fend le cœur à tous les coups. Elle parle de solitude, du sentiment de ne pas être à sa place. Cette fille dans la chanson – c'est juste une fille dans ce bar, accoudée au juke-box dans son vieux jean, on ne sait rien d'autre sur elle –, dit qu'elle habite ici mais qu'elle ne vit vraiment nulle part. Elle me fait monter les larmes aux yeux, cette fille, cette allégorie de la désolation brûlant son unique étincelle de vie dans un bar, dans une ville où je n'ai jamais mis les pieds. Et alors me reviennent ces vers de Shakespeare :

> Je pourrais chanter
> Et si les pleurs pouvaient me faire du bien
> Je ne t'emprunterais pas une larme.

À 5 h 30 du matin, l'esprit rebondit comme une balle de squash à l'intérieur du crâne, frappant juste au-dessus de la ligne avant de repartir à toute allure dans une direction totalement imprévisible. On passe d'un éclair de génie au prosaïsme absolu. Ce qui me fait d'ailleurs penser que, pour ajouter à mes mésaventures, c'est l'Avent, et donc bientôt Noël. J'aimerais bien m'appuyer sur le juke-box à côté de cette fille et lui dire de se ressaisir, bon sang. Elle n'a pas le monopole de la désolation, vous pouvez me croire.

Après une heure et demie d'insomnie, je me rendors jusqu'à 7 h 30.

À mon réveil, je suis sonné et encore fatigué, mais aussi tout excité, comme d'habitude. C'est un jour nouveau. Le jour qu'a fait le Seigneur. Réjouissons-nous, soyons heureux aujourd'hui. C'est ce que je dis à voix haute, en allant sous la douche. Je me rase consciencieusement. J'ai la chevelure fringante. Je choisis des vêtements raffinés – sans tomber dans l'ostentatoire –, le genre de tenue qui me fera passer pour un banquier d'investissement ou un avocat en congé, et ensuite je prends un café. J'en prépare toujours une pleine cafetière. Je n'en bois jamais plus d'une tasse et demie, mais c'est plus agréable, à l'œil. Plus accueillant, en quelque sorte. Puis je nettoie la tasse et la cafetière et en gros je fais les cent pas jusqu'à 10 heures. J'aime être un tantinet en retard.

L'agence immobilière est toute neuve, très chic. Ils ont des succursales partout en ville, et s'ils viennent d'en ouvrir une ici, c'est parce que le quartier a de nouveau le vent en poupe. C'est devenu complètement fou, les loyers explosent.

Je patiente, puis le conseiller apparaît. C'est ainsi qu'on appelle les gens qui font visiter des appartements. Le mien, c'est Chris Mallone, si j'en crois le badge épinglé sur sa poche de chemise. Je suis à deux doigts de me trahir, mais me présente de justesse comme Billy Champagne. Chris doit avoir dans les vingt-neuf ans, avec un physique pas vraiment avantageux – juste un petit Irlandais au teint terreux, avec déjà une bouée de retraité. C'est triste, un type de cet âge qui a si peu l'air d'habiter son corps. Il est possible qu'il boive un peu trop. Peut-être même a-t-il trop bu la veille, est-il sorti trop tard – sans doute était-il encore debout quand je me suis réveillé pour fumer –, mais il est tout sourire, et sa poignée de main est ferme bien qu'il ait la paume un chouïa moite. D'ici à six mois, Chris Mallone aura changé de boulot. Il vendra des articles de sport chez Paragon. Six mois plus tard, il sera barman dans l'East Village, à distribuer des *double shots* pendant l'*happy hour*. Il dégringolera si rapidement l'échelle sociale qu'il finira à téter la vase au fond du fleuve. Et il restera là pour toujours, à bouffer de la boue. C'est dommage. Il devrait vivre sa jeunesse comme un plaisir. Il lui faudrait une activité physique régulière et un bon dermatologue. Et aussi boire moins. Il aura tout le temps plus tard. Et s'il déteste son boulot, comme c'est visiblement le cas – et comment l'en blâmer –, il n'a qu'à trouver quelque chose qui lui plaise davantage avant que quelque chose de pire ne le trouve, lui. Il n'est pas trop tard. Quand j'avais son âge, j'adorais mon travail. Il faut dire qu'il offrait des avantages conséquents, dont celui de me rendre riche et puissant. Son seul défaut, finalement, c'est de m'avoir déchiqueté vivant. Quand on va nager dans une rivière qu'on sait infestée de piranhas et qu'on se fait arracher la jambe, on a le droit d'être furieux, mais pas contre les piranhas. Boulotter du cuissot, c'est leur boulot.

Tandis que Chris passe en revue la liste de nos visites, je remarque qu'il n'a pas attaché les boutons aux manches de sa chemise blanche. J'ai entendu ma mère dire un jour qu'on reconnaissait les fous à ce qu'ils ne boutonnaient pas leurs manchettes, mais je suis d'un autre avis. Personnellement, ça me donne un air de rock star des années 1960. Comme David Bowie dans sa période Thin White Duke. J'ai vu les photos. Ce que je pense, moi, c'est qu'on reconnaît les fous au fait qu'ils sont toujours trop couverts en été et pas assez en hiver.

Chris a de toute évidence le désir de se rendre utile, comme le bon chien qui espère qu'on va enfin lui donner sa pitance. Je suis prêt à parier qu'il ne rêve que d'une rasade de vodka et d'un bonbon à la menthe pour l'aider à survivre aux heures à venir. La veille, à l'agence, j'ai décrit précisément ce que je cherchais. Un immeuble d'avant-guerre. Le portier est facultatif, en revanche j'ai besoin de détails architecturaux plaisants dans toutes les pièces. J'adorerais qu'il y ait une cheminée. Je souhaite déménager car je me suis lassé de mon appartement actuel, trop banal, bien qu'il soit parfait dans sa catégorie. Chris a pris des notes, ouvert un dossier et commencé à feuilleter ses fiches produits. Bien sûr, il n'est pas certain de dénicher ce que je cherche dans le budget dont je dispose. Je réponds que je suis souple, que le lieu est plus important que le prix, dans les limites du raisonnable. J'ajoute que je désire un endroit où je puisse habiter un bout de temps. Le plus drôle, c'est qu'en débitant tous ces mensonges, je n'ai pas l'impression d'arnaquer qui que ce soit. J'ai remballé ce scrupule il y a belle lurette. Et Chris n'a aucune raison de mettre en doute ce que je lui raconte. On est en Amérique, on peut être qui on veut.

On se met en route. Les rues sont bondées, les vendeurs de sapins ont déjà installé leurs stands – depuis Thanksgiving, en fait –, mais la plupart se tournent les pouces en discutant avec les fleuristes coréens, un café entre leurs mains gantées de mitaines. Personne en ville ne va acheter un sapin la première semaine de décembre, mais il semblerait que pour ces types aussi, ce soit l'espoir qui fasse vivre, au point qu'il suinte par tous les pores de leur peau. Il fait froid sous ce soleil pâle, et pourtant Chris transpire à la racine des cheveux. Il n'arrête pas de parler des Knicks et de sa petite amie, et aussi de la vitesse à laquelle le quartier change. Par là il entend que les prix montent, et qu'on ne croise plus que des pères de famille en Barbour et lunettes à monture d'écaille qui accompagnent leurs enfants dans des écoles privées. Le son de sa voix est agréable, je me sens de bonne humeur et je pose toutes les bonnes questions.

Je prends soin d'avancer d'un pas léger, sur le trottoir. Autre enseignement de ma mère : une démarche aérienne est la marque d'une bonne éducation. Je me suis entraîné avec assiduité, en faisant les cent pas dans mon appartement, pour que les voisins du dessous n'aient pas l'impression de vivre dans une nouvelle d'Edgar Poe. *Le Cœur révélateur*, par exemple. Je dépense une énergie folle à tenter de ne pas paraître bizarre. J'ai envie de dire à Chris tout suant que je suis déjà allé à Phuket, et en Chine. À Cuba aussi, où j'ai pris une chambre à l'hôtel Nacional. À Paris, j'ai tenté le Ritz, ce qui fait de moi le genre d'homme qui descend au Ritz. C'était le temps où je me baladais avec plus d'argent dans ma poche que vous n'en avez jamais sur votre compte en banque, hormis le jour de la paye.

Sa petite amie travaille au stand Chanel, chez Saks. Elle est artiste maquilleuse. Je lui réponds que je ne l'ai jamais rencontrée.

Nous approchons du premier appartement. Pour Chris, c'est une routine qui date de la nuit des temps. Nous visitons sept appartements, dont trois dans le même immeuble (et deux sont parfaitement identiques, seul change l'étage). Il y a des années, je suis venu à une fête ici – ou dans un appartement de même standing, comme on dit. Chacun de ces lieux se doit de présenter un défaut rédhibitoire. Évidemment, sinon le jeu s'arrête. Par exemple, l'un d'eux est équipé d'un de ces minifours typiques des années 1950, dans lequel on ferait à peine entrer un poulet. Chris me demande si je cuisine souvent. « Oh oui, je réponds, il faut dire que je reçois beaucoup. » L'idée, c'est d'émettre un commentaire favorable en entrant dans certains appartements, pour ne pas trop décourager la bête. Et, bien entendu, dans le premier ou le deuxième, il convient d'annoncer : « Chris, c'est exactement le genre d'endroit dont je ne veux pas. » Histoire qu'il sache à qui il a affaire.

Sur le fond, visiter des appartements est une occupation assez sordide. Et en visiter un que le locataire n'a pas encore quitté me dégoûte franchement. Une fois, alors que je faisais le tour d'un endroit charmant – d'avant-guerre, avec portier –, vraiment bien, sauf que le locataire y vivait encore, j'ai ouvert les placards de la chambre, je suis tombé sur ses vêtements accrochés là et je me suis rendu compte qu'il était nain. Mon vieux, c'était carrément surnaturel. Je me suis imaginé dans ce genre de vie miniature, avec des petits costumes difformes, des chaussures minuscules, et alors je me suis senti comme Alice quand elle devient gigantesque. Je me suis précipité dehors – pourtant le loyer était gelé et il y avait une cheminée en état de marche.

Chaque visite dure en moyenne une dizaine de minutes, dans les effluves fantomatiques de toutes ces vies vécues sans aucune conscience de la vôtre, et chaque fois surgit la promesse de l'existence imaginaire que vous pourriez mener là : comment vous disposeriez vos vêtements dans les placards, où vous mettriez le canapé et la télévision. Est-ce que le bruit de la rue serait gênant ? Dès la première minute, je me figure où irait le sapin de Noël. C'est futile, je sais : les fêtes ne représentent que deux semaines dans l'année, mais j'essaie de trouver un emplacement où caser un géant majestueux de deux mètres cinquante de haut, croulant sous les décorations somptueuses que j'ai gardées de mon ancienne vie, de l'époque où tout scintillait trop fort. Quelque part dans ces pièces solitaires plane le spectre de l'existence que j'aurais pu avoir ici, celle que je m'apprêtais à entamer, avant que la calamité frappe. Quelque part, il y a une place pour une femme et deux ou trois enfants, un épagneul, des vestes Barbour et des billets d'avion sur la table de la cuisine.

C'est ça que je viens réellement chercher. Peu importent les appartements eux-mêmes, ce malheureux Chris qui transpire, ou même mon attitude dédaigneuse. Ce que je viens contempler, c'est la vision de cette vie qui m'était promise, celle dont le cours heureux se serait naturellement déployé si je ne l'avais irrémédiablement fichue en l'air.

Je la vois. Elle se fait faire sa couleur tous les mois par le meilleur coiffeur en ville, un balayage blond doré. Elle est associée chez Debevoise & Plimpton et comme elle ne cuisine pas, nous dînons toujours à l'extérieur, ou bien nous faisons livrer. Les trois enfants sont en école privée, la plus jeune à Spence, le garçon à Collegiate et l'aînée à Foxcroft, où nous l'avons laissée entrer du fait de sa passion pour l'équitation et aussi parce que, soyons francs, elle ne décrochera jamais une bourse Rhodes pour aller à Oxford. Chaque matin, j'embrasse ma progéniture avant de me rendre chez McCann Erickson, où je suis directeur créatif monde, et dont je me vois par conséquent confier une partie des plus gros comptes. Je leur suis essentiel. Ils m'en récompensent au-delà de l'entendement.

Ou bien : dans un autre appartement, elle ressemble à Barbra Streisand à la fin de *Nos plus belles années*, et elle dirige un des services de la Bibliothèque de New York, tandis que je travaille pour une petite maison d'édition. Là, on est franchement de gauche et les enfants vont dans une école progressiste, par exemple la Little Red Schoolhouse puis, quand ils sont plus vieux, au lycée d'exception Horace Mann.

On n'en a que deux. Si on avait écouté notre cœur, on en aurait eu douze, mais financièrement on a dû se limiter. On rentabilise bien nos cartes de transport et on a pris l'abonnement famille au Met. En grandissant, nos enfants auront des vies intenses, bouillonnantes d'idées intelligentes et d'engagements passionnés.

Chaque appartement s'étend naturellement au fil des ans, il lui pousse de nouvelles pièces pour abriter la vie d'une famille. Dans tous les scénarios, j'ai volontiers renoncé aux filles à la peau soyeuse. Je me les remémore avec tendresse, ainsi que ces soirées passées à boire et à se faire des lignes sur le bar, dans des salons branchés avec déco tendance au néon, mais tout ça ne me manque pas. C'était une autre époque, comme la colonie de vacances. Ou une très longue fiesta entre potes en Jamaïque. Je suis heureux de ce que j'ai. Fier, même.

Et, dans chacun de ces appartements, il y a toujours un sapin de Noël. Il est orné de figurines splendides, en cristal de Bavière, que nous avons collectionnées et toujours rangées avec soin, si bien qu'aucune n'a été brisée, sauf une fois quand le sapin a basculé, croulant sous les décorations fabriquées par les enfants – dont celle à placer au sommet, confectionnée par Kate à six ans avec des diamants fantaisie et des bâtonnets de glaces à l'eau, et qui aujourd'hui la mortifie et la remplit à la fois d'une fierté hésitante quand on la ressort pour la ficher tout en haut de l'arbre.

Dans l'une de ces vies, la Plimpton/McCann, nous nous offrons des fourrures ruineuses et des équipements high-tech avec télécommande, des bijoux et des bibelots, et l'après-midi nous partons skier en Europe une semaine, parce que les aéroports sont déserts, le jour de Noël.

Dans la vie Bibliothèque, on s'échange des moufles et des écharpes, les *Lettres à Leonard Woolf* et des paniers fabriqués dans des pays du tiers-monde, ensuite on fait un gros déjeuner au milieu de l'après-midi, puis on va se balader dans les rues enneigées et presque vides.

Dans la première vie, nous sommes ivres de joie mais stressés. Dans l'autre, nous sommes heureux. Juste une famille heureuse.

Une autre : je vis avec une femme grande, au long corps élancé de nageuse. Elle a dix ans de moins que moi et elle porte des vêtements et des chaussures de créateurs qui coûtent un mois du salaire de la plupart des gens. Elle est graphiste et notre appartement est une ode au bon goût. Nous sommes très heureux comme ça, et n'avons pas d'enfants. Je suis écrivain. Je produis des romans qui aident les gens à se sentir mieux, et qui se vendent très bien. D'ailleurs vous me reconnaîtriez dans la rue, vous avez forcément déjà vu ma photo sur les jaquettes. Nous recevons beaucoup – des actrices, des éditeurs, le monde de l'art – et nous discutons de Tzara, des dadaïstes et du Désert de Retz autour d'un coq au vin et d'un bon muscadet. Une fois, ma femme m'a écrit de Paris : « Tu es pour moi ce que l'eau est à l'homme qui meurt de soif dans le désert. »

Dans tous les cas, quelle que soit l'histoire, nous sommes une tribu, ne répondant qu'à notre propre loi, bourrée d'excentricités qui nous paraissent parfaitement naturelles. Nous nous glorifions qu'aucun autre groupe au monde ne présente nos qualités uniques de beauté et d'intelligence, ou de bonté, de grâce et de force. Nous ne sommes pleinement nous-mêmes que lorsque nous sommes ensemble. Chacun est une partie du tout.

Les appartements que je visite ne peuvent rien contenir de tout ça. Ils pourraient m'accueillir moi, c'est tout, et chaque fois qu'une porte se ferme derrière nous, je me sens floué.

Dans la 12ᵉ Rue Ouest, nous tombons sur un autre agent immobilier, une femme, avec son client, dans un immeuble brownstone double, en grès brun. L'appartement est composé de la moitié du rez-de-chaussée plus le premier étage, qui constituait autrefois le grand salon et était directement accessible par le perron. L'autre client est anglais, la petite trentaine, et il est en train de manger une pomme verte. Nous entrons tous ensemble pour faire le tour de l'appartement, plutôt atypique. Nous pénétrons dans cet *espace*, comme on dit aujourd'hui. Le rez-de-chaussée est bizarrement divisé en deux petites pièces, une sorte de bureau, semble-t-il, et une salle à manger qui donne sur un vaste jardin glacial jalonné de vasques italiennes en terre cuite. Puis il y a une belle cuisine équipée, avec combiné machine à laver/sèche-linge. Les plafonds sont bas et les pièces sombres. Pour monter au premier, on emprunte un escalier métallique à marches en console, assez traître et mal fichu. Mais arrivé là-haut, c'est une merveille. On débouche sur un salon de la taille d'une salle de bal, avec quatre mètres sous plafond. Le sapin géant tiendrait sans problème, ici. Les moulures de plâtre sont simples mais élégantes. Les fenêtres donnent sur le jardin, juste au niveau du feuillage des arbres, au printemps et en été. Derrière s'ouvre une grande chambre, séparée du salon par de gracieuses portes coulissantes en verre gravé, ainsi qu'une salle de bains Art déco avec une véritable baignoire d'époque en fonte. Le tout est magnifique. J'en tremble d'excitation. On sent le poids des vies vécues dans ces pièces. Et puis il y a un étage, comme dans les vraies maisons. Bien qu'il soit aujourd'hui découpé en espaces séparés, en vies disparates, il fut un temps où tout ce bâtiment abritait une seule et même famille. Tandis que l'autre agent immobilier fait coulisser les portes en verre, j'entends presque le bruissement d'étoffe des jupes longues. Elle se tourne alors vers son jeune client anglais : « Mais où mettriez-vous le bébé ? », à quoi il répond « Effectivement », et ils partent sur-le-champ.

J'ai envie de rester ici, à écouter vivre ma femme et mes enfants, à regarder le sapin scintiller par cet après-midi d'hiver, toutefois mes dix minutes sont presque écoulées et je ne veux pas trop stimuler Chris, sinon il ne me lâchera plus.

Mais je les vois. Je les sens. Riche ou pauvre, je peux m'allonger dans cette chambre et me délecter de la sérénité de ces vingt années de mariage avec une femme que j'aime. Je vois les posters de rock stars ou de sportifs sur les murs, dans les chambres de mes enfants.

Je ne suis pas un mythomane. Je sais où j'habite pour de vrai. Mon studio me convient, et il n'est pas si mal. Il y fait sombre et c'est petit, mais c'est aussi un lieu vierge de tout souvenir. On peut faire un tas de choses d'un studio, avec un peu d'imagination.

Je sais quel métier j'exerce et quelle est ma place dans ce monde, c'est-à-dire assez bas dans le classement des personnalités les plus glamour du magazine *People*.

Mais j'ai encore des désirs. J'aspire aux choses que je possédais dans une autre vie. Je me désole de les avoir sacrifiées. Je m'en veux en permanence d'avoir tout foutu en l'air. J'ai envie de dire tout ça à Chris, chaque fois c'est pareil, mais je me retiens. Je me contente de faire un ultime tour des pièces en me limitant à des remarques sur la manière si particulière qu'on avait de tailler cette brique brune autrefois, et nous quittons les lieux.

Je lance un regard d'adieu à l'arbre qui scintille, si éphémère et fragile. À travers les hautes baies vitrées, je contemple ce jardin où je pourrais organiser un barbecue avec des amis, par une soirée d'été, avec du vin et du fromage de chèvre. Diana Krall en fond sonore. Des magazines d'art et de littérature.

J'embrasse ma femme. J'embrasse mes chers enfants sur le front, et Chris et moi repartons dans la lumière du soleil déclinant. Le temps s'est beaucoup refroidi.

Cet appartement coûte six mille dollars par mois. Plus de trois fois ce que je paie aujourd'hui.

Sur le chemin du retour, je dis à Chris que ça doit être très frustrant de faire visiter tous ces endroits à des gens si difficiles à satisfaire. Il dit que ça lui va, qu'il aime bien les gens. Il dit qu'avec la crise, il n'a fait aucune visite depuis cinq mois. Qu'il prend les choses vingt-quatre heures à la fois.

Voilà une devise qui a fait ses preuves, je me dis. *Tu devrais la suivre à la lettre, mon pote. Vingt-quatre heures à la fois.*

Je lui serre la main en promettant de l'appeler le lendemain. Je rentre chez moi dans le froid piquant, en repassant devant les vendeurs de sapins. *Cette année peut-être*, je pense. On verra la semaine prochaine.

Pourquoi je ne vais plus à la plage

Un été, il y a longtemps – une vie entière, en fait –, j'ai loué une ravissante maison à la mer. Pas exactement au bord de l'eau, mais pas loin, avec une grande piscine, cinq chambres, un solarium, un jardin de buis à l'anglaise et une terrasse sur le toit d'où l'on voyait l'océan. Les propriétaires étaient décorateurs d'intérieur, alors tout était nickel, parfaitement agencé, dans le style maison de campagne anglaise remplie d'ombre et de lumière. Tout ce qui manquait à mon appartement en ville, et c'était royal.

On se serait cru dans un épisode d'une série historique de la BBC, genre *Masterpiece Theater*. Il ne manquait plus qu'une soubrette en train d'arranger des bouquets dans des vases en cristal taillé.

C'était il y a plus de vingt ans. La grande fiesta de l'insouciance touchait à sa fin, et je roulais littéralement sur l'or. Je travaillais à Wall Street. Je n'étais pas fou de joie d'aider des mecs blindés à déplacer leurs fonds à longueur de journée dans le simple but de s'enrichir davantage aux dépens de braves gens qui n'avaient pas d'argent et n'en auraient jamais – on a beau être perché à l'adrénaline et à la testostérone, on n'en éprouve pas moins du remords. Mais il faut bien avouer qu'être si riche, c'était le pied. Ce flot ininterrompu d'argent, c'était comme être shooté en permanence. Son odeur, c'était ça notre drogue. On sentait le poison bouillir dans nos veines. L'argent, c'était l'événement de la décennie, son moteur, et j'avais les mains plongées dedans jusqu'aux coudes.

Je travaillais dans une grande salle qui ressemblait à un casino. Pas de fenêtres, pas d'horloges, juste des dizaines de moniteurs sur lesquels les cours défilaient non-stop. C'était à la fois hors du temps et frénétique. Les journées étaient brutales, mais le soir, on allait se taper un barreau de chaise au fumoir, chez Giorgio. Après ça on s'enfilait un bon steak, et on finissait en boîte, à parader dans le carré VIP, dans nos chemises en coton Géorgie longue-soie monogrammées et nos lavallières Hermès à deux cents dollars. On claquait deux mille billets au bar et on rentrait en limousine avec chauffeur à 3 heures du matin, alors qu'il fallait être sur le pont à 7. On écrivait nos numéros de téléphone au Montblanc sur les nichons de filles qui nous rappelaient à tous les coups. Ça ne ratait jamais.

C'était le temps où on avait encore le droit de fumer, c'est vous dire si ça date.

C'était notre vie. Celle de tous les jours, et on ne comprenait pas qu'on puisse vivre autrement. On incarnait l'esprit de cette époque, on était jeunes et bâtis comme des dieux. Parce qu'on trouvait le temps de faire du sport comme des bêtes, à des horaires dingues du genre 6 heures du matin. On avait des corps d'athlètes, enfin, pas tous, certains avaient juste la silhouette malingre et le regard jaune et creusé des toxicos, et d'autres dépassaient les cent trente kilos et fumaient trois paquets par jour. Mais je pense surtout aux types qui m'ont rejoint cet été-là au bord de la mer : on était dans une forme olympique, et on sortait avec le genre de femmes qu'on peut s'offrir quand on a un corps splendide, un tas de fric et l'arrogance absolue du prédateur tout en haut de la chaîne alimentaire.

On faisait partie de cette espèce qu'on stigmatisait pour décrire les maux de la société contemporaine. On gagnait trop d'argent. On en dépensait trop. On ne levait pas le petit doigt pour aider les moins favorisés que nous, c'est-à-dire le reste de la planète. À la rigueur, on avait pitié des masses laborieuses. Je n'invente rien. On buvait trop. On abusait des drogues. On se faisait livrer la came en pleine journée par des gamins de dix-huit ans avec des dreadlocks. On avait à peine éteint nos ordinateurs le soir qu'on fonçait acheter du matos à Alphabet City. Le tout sans une once de remords. Bon sang, qu'est-ce qu'on s'éclatait. On aurait dit une orgie géante de testostérone.

Les primes, c'était de la folie. On les touchait à la période de Noël, en yards – en matière de bonus, un yard équivalait à un million de dollars. Je n'étais pas le plus malin de la bande, mais j'étais le mieux élevé, et avec ça, agressif comme un pitbull – j'aurais fait passer de la merde en barre pour de la soie, et bingo, je décrochais mon yard et demi par an. À trente et un ans.

Après avoir payé mes impôts et mes ardoises monstrueuses – je devais douze mille dollars chez Bergdorf, pour trois costumes, deux pulls en cachemire et une bouteille d'Acqua di Parma, l'eau de toilette que portait Cary Grant –, il me restait un bon paquet, et j'ai décidé de me trouver une maison dans les Hamptons. Pas n'importe laquelle. *La* maison.

J'avais déjà loué en bande. Des petits bungalows sur Gin Lane. J'avais déjà vécu le rituel d'être reçu chez les autres – ma mère m'avait dit un jour : « Quand tu es invité, tu dois sonner à la porte avec le coude », alors j'avais apporté des caisses de champagne et des raquettes de badminton de chez Hammacher Schlemmer. Alors ce coup-ci, je voulais un endroit à moi, et être le type qui reçoit des amis tous les week-ends. À leur tour de m'apporter des tas de trucs ruineux et, pour la plupart, parfaitement inutiles.

J'ai visité six maisons. J'ai pris la sixième. Tout était recouvert de chintz, à motifs bayadère ou léopard, le genre qui plaît aux femmes, et il y avait un piano à queue et une véranda d'où on sentait la mer. Et aussi une piscine, un jardin, et de la vaisselle pour trente. Le style aristocratie anglaise, moins la merde de chien et les trous de cigarette dans les fauteuils.

Une petite futée m'a sorti un jour que vivre dans un château, ce n'était pas aussi sensationnel qu'on le prétendait. « Chéri, elle disait, au final on est quand même obligé de se laver la tête dans son bain. »

Je n'avais jamais mis les pieds dans une maison de campagne anglaise. À mes yeux, c'était le summum du raffinement. J'ai signé immédiatement. J'en ai eu pour quatre-vingt-seize mille dollars, de Memorial Day à Labor Day, et j'ai réglé par chèque. Le contrat de location comprenait les services d'une domestique, pour épargner aux propriétaires des angoisses quant à leurs fabuleux objets, et elle coûtait huit cents dollars par semaine – réglés eux aussi par chèque. Ensuite j'ai loué une voiture pour l'été, une décapotable Mercedes noir d'encre, avec toutes les options imaginables et l'odeur du cuir neuf, et une capote qu'on repliait rien qu'en appuyant sur un bouton. Le truc glissait en arrière sans faire plus de bruit qu'un serpent filant dans l'herbe. Je n'ai eu qu'à tendre ma carte Platinum.

En ville, je suis allé chez Frette acheter des draps pour toutes les chambres, parce que ceux que les propriétaires avaient laissés, c'était le genre de contrefaçons bien fichues qui font dire que finalement ce n'est pas mal, ce qu'ils font, chez Kmart. Mes invités à moi dormiraient dans du coton 600 fils, blanc à bordure festonnée, et l'air frais de la nuit effleurerait leur corps comme le baiser d'un amant.

Je les ai toujours, ces draps. La qualité, ça dure.

En ville, j'ai dégotté une gigantesque tente marocaine qui m'a coûté vingt-cinq mille dollars, que j'ai fait monter sur la pelouse et remplir de banquettes et de coussins en soie, et aussi de tables basses marocaines. J'ai fait suspendre des lustres, ça ressemblait à un sérail dédié au sexe. Il faisait une chaleur d'enfer, là-dedans, on se serait cru sous le chapiteau d'un cirque déglingué par un après-midi de juillet à Reno, Nevada. Mais la toile était magnifiquement brodée et rehaussée de milliers de miroirs minuscules – c'était d'une beauté à couper le souffle.

Depuis le premier étage de la maison, on surplombait le toit de la tente, si c'est bien ce qu'on dit pour une tente, et c'était comme regarder les étoiles d'en haut, avec tous ces miroirs qui scintillaient, et la lueur douce des bougies tamisée par la toile.

Le premier week-end, j'ai invité mes bons copains de la Firme – George, un véritable hystérique, et Frank, une armoire à glace d'un mètre quatre-vingt-quinze, histoire de prouver que je ne doutais de rien, et aussi Fanelli et Trotmeier. J'ai pris deux jours de congé pour l'approvisionnement : pain et desserts chez Barefoot Contessa, salade de homard à soixante-dix dollars le kilo chez Loaves & Fishes, et toutes sortes d'entrées et de hors-d'œuvre, de friandises et de gâteaux, ainsi que de légumes chez The Green Thumb. Et de l'alcool, mon Dieu ! Ça dépassait l'entendement. Je me suis même arrêté au bord de la route pour acheter des grandes fleurs à mettre dans tous les vases, et aussi un petit bouquet par chambre. Une fois que j'ai eu terminé, on aurait dit un reportage dans *Vogue* – le nid douillet de l'héritière anglaise fuyant la ville pour revenir aux plaisirs simples de la vie.

Le vendredi soir, ils ont débarqué, avec les filles ; de mon côté, j'étais allé chercher Carmela, l'amour de ma vie, à l'arrivée de la navette – je venais de la rencontrer. La maisonnée était au complet. Et franchement, les filles n'étaient qu'un détail. L'idée, c'était qu'on nous les envie, qu'elles soient belles, malléables, et globalement jetables. Pour faire court, cet été-là, il y aurait cinq types dans cette baraque, plus ce qu'ils ramèneraient de la chasse.

Et tous ces cadeaux. Bon sang, c'était Noël en été. George a apporté une caisse de montrachet Romanée-Conti 1986, Dieu sait où il l'avait dégottée ; Frank, un panier à pique-nique en osier de chez Bergdorf, avec de vraies assiettes en porcelaine ; Fanelli, cette racaille, apporta trente grammes de très bonne coke, et Trotmeier, dix serviettes de plage blanches brodées à mes initiales, avec une couleur différente pour chaque monogramme.

On a bu des cocktails au rhum préparés au mixeur. Frank prétendit n'avoir jamais vu de mixeur de sa vie et Trotmeier, n'avoir jamais bu de rhum. Sa mère lui avait répété que c'était l'alcool du diable et qu'il fallait l'éviter à tout prix. Il dépassa rapidement l'interdit, et Frank devint le roi du cocktail au mixeur – un penchant pour la mécanique, comme il disait.

L'ambiance était parfaite. Un vrai petit microcosme. On faisait griller du gigot d'agneau tranché fin sur le super barbecue Weber, on buvait du rhum et du montrachet à en devenir benêts, et on se faisait des lignes et des lignes de bonne cocaïne immaculée, mais seulement après avoir mangé l'agneau avec ce bourgogne à quatre-vingt-dix dollars la bouteille dont j'avais fait un stock. Et puis on fumait des cigares cubains jusqu'à ce que toute l'angoisse existentielle accumulée pendant la semaine ait disparu. Alors on allait se coucher à 2 heures du matin avec ces filles splendides, et le sexe n'était pas du genre discret : cette sensualité débordante embaumait l'air calme du soir.

Le lendemain matin, à 11 heures, tout le monde était frais comme une rose. On dégustait nos jus de fruits fraîchement pressés et nos omelettes sous la véranda, puis on se préparait les bloody mary pour la piscine, en attendant que les gars aillent jouer au tennis. On connaissait un type, un cador à cinq yards par an, qui avait engagé un joueur professionnel pour tous les samedis après-midi de l'été. Alors on a pris l'habitude d'aller taper des balles sur son court, pendant que leurs femmes nous regardaient ou lisaient des romans. On avait un super jeu de jambes, dans nos shorts Prada à trois cents dollars, qu'on portait avec des T-shirts débraillés de chez Joe's Stone Crab à Miami, ou ce genre de rades, juste pour prouver qu'on n'était pas des pétasses de *fashion victims*.

On faisait partie de ces gens qui ont leur photo dans le magazine des Hamptons. De ces gens qui mettent un pantalon en lin rouge de Nantucket pour aller aux courses hippiques. On décrochait une table chez Nick & Toni's en appelant une demi-heure avant. Vous voyez le profil.

Le deuxième week-end, on a dégotté le seul truc qui manquait à la maison : un animal de compagnie.

Elle s'appelait Giulia de Bosset. Je l'ai trouvée dans une fête.

Elle est venue me voir au bar, où je refaisais le plein pour tout le monde. Elle m'a regardé droit dans les yeux et elle a dit : « Je vous reconnais. » Comme si on était au beau milieu d'une conversation.

« Désolé, je… Vous disiez ?

— Je vous reconnais. On s'est rencontrés quand vous étiez à Hopkins. J'étais gamine, à l'époque. »

Elle était la petite sœur de la coloc de cette fille maigrissime avec qui je sortais en fac – le Crayon, on la surnommait –, alors on a discuté du bon vieux temps. Quand je lui ai demandé où elle était descendue, elle a répondu qu'elle logeait dans un hôtel paumé, le Maidstone Club, rien que ça : son père était membre, tout comme son grand-père et son arrière-grand-père avant lui, bref elle déprimait au milieu de tous ces vieux chnoques bourrés d'oseille, et sans y réfléchir je lui ai proposé de venir chez nous, histoire qu'elle ait la paix, loin de ces illuminés qui tapaient dans une petite balle à n'importe quelle heure. C'était différent, à l'époque. On crachait sur le golf.

C'est comme ça qu'elle est arrivée. On est allés chercher ses affaires à 2 heures du matin, et elle est venue dormir dans la petite chambre de bonne près de la cuisine en racontant que ça lui convenait parfaitement, n'importe où plutôt que dans ce mausolée.

C'était une gosse abandonnée. Elle ressemblait à Audrey Hepburn – à l'époque je ne savais absolument pas qui c'était, on n'avait pas encore Internet. Plus tard, j'ai beaucoup entendu parler d'elle, surtout au moment de sa mort, alors je suis allé louer tous ses vieux films, et bon sang, c'était quelque chose, cette femme. Giulia de Bosset, trait pour trait. Je suis prêt à parier que ni l'une ni l'autre n'ont jamais eu à montrer patte blanche pour entrer dans une boîte.

Giulia était naïve et discrète, avec des cheveux courts à la garçonne, elle habitait East Village. C'était complètement ringard, à l'époque. Elle avait tout un tas d'histoires dingues de gars qui se piquaient dans sa cage d'escalier et qui l'avaient même agressée. Elle avait de l'argent, c'était clair, et on était tous intrigués. On l'a immédiatement adorée, si bien qu'on l'a réinvitée. Et elle a accepté.

Tous les week-ends, elle est revenue dormir dans la petite chambre de bonne près de la cuisine. Je suis retourné chez Frette lui acheter des draps, pour qu'elle ne se sente pas flouée de coucher dans son lit une place, dans cette petite pièce qui n'avait qu'un cabinet de toilette. Je lui ai pris un ensemble ultrachic, rebrodé de vigne bleu pervenche, pour que sa chambre ait elle aussi quelque chose de spécial.

Giulia n'était pas aussi spectaculaire que les autres filles. Pas athlétique. Et elle n'aimait pas se faire bronzer. Mais elle était mince comme une liane et elle avait une peau parfaite. Le sexe ne l'intéressait pas. Et ce n'est pas faute d'avoir tous essayé, vous pouvez me croire. Même Trotmeier s'y est cassé les dents, et il était du genre obstiné, en la matière. Elle affirmait être vierge, et elle dégageait une espèce de quiétude, comme si elle n'attendait rien. Elle accueillait tout ce qui arrivait, et tout semblait lui convenir.

Et, bon sang, c'était la reine de la salade grecque. Vous lui donniez un citron, un peu d'excellente huile d'olive, de la moutarde, de l'ail et du gros sel marin, et elle vous transformait une banale salade en symphonie pour les papilles. Ça lui prenait du temps, mais ça valait le coup de poireauter.

Elle débarquait chaque week-end. On proposait de venir la chercher en voiture, mais elle répondait qu'elle aimait bien la navette, parce qu'on lui offrait une petite bouteille d'eau et qu'elle aimait observer les visages de ces gens qui ne se regardaient pas. Elle apparaissait au coucher du soleil avec une sacoche Bottega bourrée à craquer, d'où elle sortait les vêtements les plus fantastiques qu'on puisse rêver, des robes ornées de paillettes ou de perles, ou des ensembles pour la garden-party de la reine – on n'avait aucune idée de ce qui se portait à ce genre de trucs, mais c'était forcément ce style. Dès qu'on sortait, elle dégainait la tenue parfaite pour l'occasion, et même en jean et T-shirt elle était splendide, en train de lire Jane Austen dans la langueur de l'après-midi, allongée dans son palais nomade. Elle méprisait les sports nautiques. On ne l'a jamais vue en maillot de bain.

C'était une camée, évidemment. Ça crevait les yeux. À l'époque, tous les gamins européens l'étaient. Mais elle ne faisait jamais ça en public. Elle ne partageait pas. Brusquement elle devenait charmante et toute guillerette, alors on savait. Personne ne lui a jamais posé de questions. Elle ne prenait pas de cocaïne avec nous après le dîner, elle se contentait de siroter du vin blanc, le regard perdu au loin, vers l'avenir. Elle devait avoir dans les vingt-trois ans, c'est dire si elle l'avait devant elle, l'avenir.

Les femmes l'appréciaient parce qu'elle ne représentait pas une menace, et les hommes l'aimaient parce qu'elle était comme un petit perroquet exotique au plumage chatoyant qu'on pouvait garder posé sur son index pour le contempler, rien que pour le plaisir des couleurs et pour toute cette vitalité charmante qui palpitait dans sa petite poitrine.

On la surnommait Jools et, comme tout animal domestique digne de ce nom, elle venait quand on l'appelait. Et de même que certains animaux de compagnie, on pouvait la posséder pendant un moment, mais elle vous faisait comprendre que jamais elle ne serait totalement à vous, jamais vraiment.

Contrairement à la plupart des filles qui traînèrent avec nous cet été-là, elle avait un vague accent européen, adorable, et aussi un vrai boulot. Pas le genre qui payait. Pour tout dire, c'est même elle qui payait pour bosser.

Elle passait l'été à New York à étudier la restauration d'art chez ce tout petit bonhomme sur Greene Street, l'ogre, comme elle l'appelait, et ensemble ils restauraient le plus grand Titien au monde appartenant à un collectionneur privé. Elle maîtrisait le sujet, question art. Nous autres, globalement on n'y connaissait que dalle, c'était plutôt *L'Histoire de l'art pour les nuls*, même si on se pointait dans des galeries à New York, comme Castelli et Mary Boone, pour y dépenser des sommes colossales en déco hypercool et tendance – des objets qui ont dû finir dans des hangars. Les miens ont disparu depuis longtemps, bradés au dixième de leur prix.

Le plus drôle, c'est que je suis incapable de me rappeler une seule phrase intelligente qu'elle ait dite de l'été. Elle ne cherchait pas à se montrer drôle ou spirituelle. Elle se contentait de vous fixer avec une expression tendre et calme en souriant comme la Joconde, et elle seule savait de quoi. Elle ne collait pas dans le décor, c'était clair. Peut-être que ça faisait partie du charme.

Elle savait jouer du piano, absolument tout depuis Bach jusqu'à « Hey Jude », et certains soirs, quand on n'était pas trop défoncés ou qu'on rentrait tôt d'une soirée où on s'ennuyait, elle jouait pour nous. On s'installait autour d'elle et on chantait. Pour la plupart, comme des casseroles, sauf Fanelli, qui avait une vraie douceur dans la voix, une clarté et une bonté qui l'embarrassaient lui-même ; quand on réussissait à le faire chanter, on allait se coucher avec le sentiment que la vie valait vraiment la peine, finalement.

Je suis sûr que les autres se demandaient aussi ce qu'elle faisait, toutes ces nuits, à écouter les mugissements de bêtes en rut autour d'elle, à sentir les odeurs et les vibrations, allongée dans son lit virginal, entre ses draps immaculés. Elle le remarquait forcément. Parce que c'était comme ça tous les soirs, dans cette maison – tout ce sexe débridé, ça n'avait pas pu lui échapper.

Mais elle paraissait le matin au petit déjeuner, à temps pour faire la vaisselle, et elle ne se plaignait jamais de rien. Il y avait chez elle une sérénité qui défiait toute logique, sinon pharmaceutique.

Pendant la semaine, l'employée de maison venait chaque jour, et donc tout était impeccable pour le week-end, mais Jools s'assurait qu'on laissait bien les lieux dans l'état où on les avait trouvés. On n'a absolument rien cassé de tout l'été. Pas le plus petit verre.

Même quand on invitait quarante personnes à déguster du filet grillé et à boire du champagne, même quand on allait se coucher au lever du soleil, Jools continuait à ranger frénétiquement, moitié invitée et moitié domestique, si bien que, si ça se passait mal d'un côté ou de l'autre, elle changeait fissa de casquette et tout se terminait pour le mieux. On l'adorait littéralement.

Elle disait qu'il fallait laver et essuyer les assiettes à la main. Que le lave-vaisselle laissait un film de produit et que c'était mesquin pour le suivant. Elle adorait faire la vaisselle, et on restait tous plantés autour d'elle comme des chiots, à essuyer et à ranger, sous le regard furieux des femmes qui nous attendaient en fumant. Les tâches ménagères, c'était du temps gaspillé sur le budget champagne ou coke, et elles tapaient impatiemment du pied jusqu'à ce que la dernière coupelle y soit passée.

Et puis, un week-end, Giulia est morte. Les colibris ont un cœur qui bat si vite que, s'ils s'arrêtent pour se reposer ou dormir, leur rythme cardiaque ralentit, et parfois ils n'arrivent pas à relancer la machine. Alors ils meurent dans leur sommeil.

C'est moi qui l'ai trouvée.

Elle ne s'était pas montrée au petit déjeuner, ce qui pouvait arriver, et elle avait aussi raté l'heure de détente narcissique au bord de la piscine, et le match de tennis, mais elle n'y venait jamais. Au retour, on a pensé qu'elle était allée à la plage, ou se promener, ou bien qu'elle n'était pas d'humeur, ce samedi-là. On avait traîné tard dans la nuit, les petits oiseaux gazouillaient déjà tandis qu'on baisait nos copines, et elle n'était pas d'humeur, c'est tout.

Ce n'est qu'à l'heure de sortir le mixeur Waring qu'on a eu l'idée d'aller jeter un œil dans sa chambre. J'ai frappé doucement, puis un peu plus fort, et j'ai fini par tourner la poignée.

Elle était allongée entre ses draps splendides, avec du sang qui lui coulait du nez et de la bouche. Du vomi avait ruiné sa chemise de nuit en soie. Près de sa main, j'ai vu des petits sachets transparents d'héroïne dont le contenu poudreux se répandait sur les draps. À côté du lit, sur la table de nuit, il y avait un tube de Séconal vide. Pas de lettre.

Je ne savais pas quoi faire. Je n'ai pas pleuré. Je n'ai pas appelé. Je suis resté à la contempler, avec ses douces paupières closes sur ses yeux azur.

J'ai trouvé un linge et j'ai essuyé le sang sur son visage. J'ai pris soin de le tremper dans de l'eau tiède, même si je savais que la température ne faisait aucune différence pour elle. Une fois nettoyée, elle était aussi ravissante et parfaite que d'habitude. Même la mort ne l'avait pas surprise.

J'ai posé la main sur son visage. J'ai embrassé sa joue glacée. C'est la seule et unique fois que je l'ai touchée.

Ensuite je suis retourné à la cuisine et j'ai appris la nouvelle aux autres. Le mixeur s'est tu. On s'est mis d'accord pour faire disparaître toute la drogue de la maison avant d'appeler les secours, et on est montés dans nos chambres chercher ce qu'on avait.

On a tout fourré dans un grand sac-poubelle, et Fanelli est allé en voiture jusqu'à Sagg Main Beach pour l'enterrer dans le sable, sans oublier de déposer dessus un vieux pneu afin qu'on puisse revenir récupérer le paquet.

C'est alors qu'on a appelé. Les secours sont arrivés en quelques secondes. Ensuite, tout est flou. Juste les détails habituels qui accompagnent la mort. On nous a posé des questions, évidemment. La maison a été fouillée. Tout était en ordre.

On a laissé le barbecue s'éteindre, on est restés assis à boire de l'alcool fort. À minuit, on est retournés à la plage déterrer le sac. Personne n'a réclamé ce qui lui appartenait. On s'est retrouvés assis là, avec un véritable stock de came qui semblait ne pas avoir de propriétaire. Fanelli a chanté une toute petite chanson douce, en italien. Je suis resté debout très tard à me saouler sec, et je me suis shooté tout seul jusqu'à ce que le ciel pâlisse.

C'était le premier week-end d'août. C'est arrivé le jour de mon anniversaire.

Je suis allé aux obsèques. On est tous venus. Le père de Giulia était un comte français, un homme laid et minuscule. Il possédait une gigantesque collection d'art, l'une des plus importantes au monde. Les musées se battaient déjà pour se la faire léguer. La mère de Giulia était morte, mais sa belle-mère, une hôtesse de l'air espagnole, était présente. Je ne leur ai pas adressé la parole.

Le cercueil était ouvert. Giulia était parfaite, calme et belle. C'était une comtesse, et elle était finalement devenue la plus jolie fille dans la pièce. La Serenissima.

On a envie de se dire : « Ce n'était pas son genre, de faire une chose pareille. » Pourtant, il y avait ce tube de Séconal vide. Elle savait ce qui arriverait. Il était temps pour elle de quitter cette fête où elle n'avait jamais rencontré personne et où le Prince charmant n'était pas venu l'inviter à danser.

Il y a eu un article dans le torchon local, dans le genre « mort d'une aristocrate », ou « voilà ce qui arrive aux sales gosses européens décadents dans les Hamptons » – c'est comme ça que j'ai su, pour la belle-mère hôtesse de l'air. Apparemment, Giulia était une personnalité importante, en France. Le genre de fille qui sait qu'une tiare ne s'accroche pas sur la tête avec des épingles, mais se coud dans les cheveux. Ça prend des heures, et ça fait un mal de chien. Le genre de fille appelée à épouser un roi, à condition d'en trouver un.

Avec nous, elle s'encanaillait. Elle essayait juste d'oublier qui elle était, un court moment. Elle buvait du montrachet frais avec Jane Austen sous une tente marocaine, tout en désincrustant d'infimes particules de saleté d'un Titien qui se trouvait appartenir à son père.

J'ai refusé de répondre aux journalistes. J'ai dit que je ne savais rien d'elle, que je ne pouvais pas les renseigner. Pas question de leur parler du sang sur son visage ni du vomi sur sa chemise de nuit en soie.

Il nous restait trois semaines à passer dans la maison, alors on a bu des cocktails préparés au mixeur, on a paressé sous la tente dans la douceur du soir en descendant du dom pérignon, on a pris de la cocaïne et on a invité des gens à des barbecues, mais ça n'a jamais plus été pareil. J'étais saoul du matin au soir. Même Fanelli était ivre et triste en permanence. L'ambiance n'était pas macabre, mais brusquement le champagne était éventé.

Le dernier week-end, on n'est pas restés, pour Labor Day. On est arrivés le vendredi soir et repartis le samedi matin. On ne le sentait pas, c'est tout.

J'ai laissé la tente à sa place. Le locataire suivant n'aurait qu'à s'en débrouiller. L'été m'avait coûté près de deux cent mille dollars.

Trois mois plus tard, j'étais en désintox.

Un jour, en rentrant de déjeuner – avec trois martinis, un gros pavé de bœuf cru et de la cocaïne pure dans le sang –, je me suis planté à côté de l'ascenseur. Les portes ont coulissé et j'ai entendu clairement une voix me dire : « Ne monte pas dans cet ascenseur. Si tu le fais, tu mourras. » Les portes se sont refermées, toutes ces joyeuses abeilles sont retournées à la ruche, et moi je suis rentré chez moi.

Ils ont été très compréhensifs. La fille de la DRH m'a appelé ; je ne m'étais ni douché ni rasé depuis six jours, et j'ai craqué au téléphone, j'ai pleuré comme un veau, j'ai raconté combien j'étais égaré, alors elle a proposé de me faire envoyer en cure de désintoxication. J'ai emballé mes survêtements et je suis parti. Vingt-huit jours plus tard, j'en suis ressorti tellement clean et sobre que j'en avais mal partout, mais j'étais de nouveau opérationnel.

L'autre soir, il m'est arrivé un drôle de truc. Je rentrais chez moi, en sortant de la librairie où j'ai fini par atterrir – maintenant je dirige l'équipe de vente –, et il y avait deux filles qui discutaient à la caisse, chez le traiteur du coin. La première montrait à l'autre son nouveau bracelet. Et elle a dit : « Nan mais, j'veux dire, est-ce qu'il est pas *grave beau*, ce bracelet ? Il est troooop beau ! »

Et l'autre a répondu, en emballant mes côtelettes de porc aux brocolis : « Attends, il est tellement trop beau qu'il est *mortel*. »

Parce que pour finir, tout est mortel, pas vrai ?

Je contemple mon sapin de Noël. Il est minuscule et déplumé, comme ma vie d'aujourd'hui. Ça me convient. Mais les décorations, elles… de vrais petits miracles : je les ai accumulées au fil des ans, du temps où je touchais un yard et demi deux semaines avant les fêtes – il y a des bateaux, des tigres, des bouddhas et des pères Noël, et des petites pantoufles en satin et rubis. Le tout en verre soufflé bouche de Tchécoslovaquie, quand le pays s'appelait encore ainsi. Des dizaines de bibelots, valant des milliers de dollars. Comme toutes ces filles qui sont venues cet été-là, les petits miroirs sur le toit de la tente, les rails de coke…

Chaque soir ou presque, dans mon lit, j'entends une boule tomber et se fracasser au sol. Elles se cassent parce qu'il n'y a rien, sous mon sapin, pas de cadeaux pour amortir la chute, juste le plancher nu. Je reviens du boulot, et il y a des éclats de verre partout, chaque jour. Ma vie décorative décline peu à peu, et ça ne me fait ni chaud ni froid.

Jusqu'à ce que vienne le tour du cygne. Ce matin, jour de Noël, j'ai trouvé le splendide cygne blanc perle brisé par terre. Je ne l'avais même pas entendu tomber pendant la nuit, et j'ai su que c'était Giulia. Son image, tellement semblable à cet oiseau, m'est revenue avec une clarté inouïe. Le son de sa voix. Le parfum doux de sa chemise de nuit, le matin. Le Titien, et sa méchante belle-mère hôtesse de l'air – morte elle aussi à présent, et le Titien ressuscité, au Prado, à Madrid.

Comme le cygne, Jools était une décoration, dans une vie que je n'ai plus et qui ne me manque pas. Mais, en ramassant les morceaux de verre, je l'ai entendue me crier de ne pas la laisser partir, de ne pas la jeter. De ne pas éparpiller ses morceaux dans les ordures, avec le reste des détritus de ma vie. Et, une fois de plus, je n'ai pas pu l'aider.

Je n'ai pas su l'aider.

Le trente et unième anniversaire de Carmela

À cette époque, on était des noctambules forcenés, de véritables vampires de la fête. On cherchait *le* lieu du moment, bar, boîte de nuit, peu nous importait, et alors on le saignait à blanc pour ensuite en abandonner la carcasse aux banlieusards et aux touristes. Pour une bonne fiesta, on serait allés au bout du monde. On changeait sans broncher de ville, voire de continent. Particulièrement pour l'anniversaire de Carmela, événement équivalant pour nous à l'octave de Pâques dans la Ville sainte. Cette fois, nous avions décidé d'investir Beverly Hills, où ses chers amis Delia et Buzzy avaient donné une fête qui ressemblait à une seconde noce – est-ce que j'ai mentionné qu'on s'était mariés, Carmela et moi ? Le lendemain, nous étions au bord de la piscine du Wilshire Hotel. Nous avions choisi le Wilshire parce que Dino, l'intraitable maître d'hôtel du Bel Air, était mort. Quelques années plus tôt, j'avais assisté à ses obsèques. Tandis qu'on descendait le cercueil, les membres du cortège, les yeux bouffis, lâchaient des billets de cent dollars dans la fosse, s'assurant par cet ultime pourboire le droit à une banquette d'angle avec téléphone au Bar du Paradis, à condition bien sûr qu'il n'y ait pas foule cette semaine-là. « Essaie toujours d'avoir une banquette, disait Carmela. J'ai grandi sur les banquettes. »

Bref, une fois Dino mort, le Bel Air était devenu ennuyeux à se pendre et nous avions posé nos valises au Wilshire. Qui plus est, Carmela mourait d'envie de parcourir les couloirs feutrés où la richissime Barbara Hutton avait erré en clopinant les derniers jours de sa vie. Elle aimait aussi l'idée que, dans les étages supérieurs, le plancher de quelqu'un était le plafond de Warren Beatty, ou qu'au bord de la piscine du Wilshire, par discrétion, on n'appelait pas ce dernier par son nom, mais par un chiffre – il était « numéro 3 ». Carmela se sentait infiniment proche de ce mode de vie, le genre « *room service* sinon rien ».

À l'hôtel, partout dans le monde, elle rêvait toujours et exclusivement des gens qui avaient passé la nuit précédente dans notre chambre. Une fois, elle s'était réveillée en affirmant que la dernière cliente avait perdu un bracelet en diamant Van Cleef & Arpels sous le lit ; après vérification, le bijou s'y trouvait bien. Carmela l'avait gardé. Une autre fois, c'était un manteau de fourrure abandonné dans la penderie, mais ce coup-là elle s'était trompée. La plupart du temps, elle visualisait des accouplements si raffinés que j'aurais été incapable de me les représenter sans l'aide d'un *Kâma sûtra*.

Donc, au bord de la piscine, ce jour-là, elle s'est tournée vers moi. « Je voudrais que tu sois mort. »

Et elle était sérieuse. La veille au soir, chez Delia et Buzzy, sur Rexford Drive, j'avais ruiné le trente et unième anniversaire de ma femme. Sur le chemin du retour, on m'avait informé que je n'avais pas fait montre d'une attitude suffisamment festive. Au bord d'une piscine, on a la mémoire capricieuse, mais il m'a semblé me rappeler que j'avais fait un esclandre, et insulté une pièce remplie de gens qui constituaient presque la crème du glamour. Le temps que j'en arrive à faire une scène, peut-être le salon n'était-il plus vraiment plein, mais je m'étais bien donné en spectacle.

« Oh, mon Dieu. Ça me revient, maintenant.

— Merde, Rooney (Carmela avait décidé un jour de m'appeler Rooney), comment as-tu pu faire une chose pareille ? Et où est mon satané bloody mary ? »

Elle a sifflé entre ses doigts comme pour appeler un taxi sur Park Avenue à l'heure de pointe et sous la pluie, et un éphèbe s'est approché silencieusement dans ses tennis en toile blanche, avec ses jeunes cuisses dorées et luisantes d'huile qui bruissaient comme s'il portait des bas de soie. Confectionner des *long drinks* ne faisait visiblement pas partie de ses attributions – lui *pliait les serviettes* –, mais d'un geste impérieux il a convoqué un charmant Argentin taciturne, dont les compétences linguistiques s'arrêtaient aux noms des cocktails mais à qui il a suffi de croiser le regard de Carmela pour savoir ce qu'elle voulait.

« Enfin, chéri, trésor, comment as-tu pu ?

— *Les joncs sont flétris au bord du lac, nul oiseau ne chante*, j'ai dit.

— Laisse Keats en dehors de tout ça, a-t-elle répliqué d'un ton cinglant.

— Eh bien, je n'en sais rien. Ça doit être parce que je déteste prendre un avion à l'aube, même en classe affaires, pour me rendre à des rendez-vous à Los Angeles. Ou parce que je me suis trouvé ridicule, à courir toutes les boutiques de Rodeo Drive en quête du cadeau parfait, pour ne finalement rien dénicher d'autre que cette chose si importante à mes yeux, et

que tu as négligemment jetée sur la table en disant
« très joli ». J'ai aussi horreur de dîner chez Mister
Chow à la même table qu'Helen Reddy, la reine de la
pop. Ou d'être coincé dans le salon El Padrino de cet
hôtel, en train de rincer le gosier à des publicitaires
qui se croient extraordinaires parce qu'ils ont composé
les plus grands chefs-d'œuvre de notre époque – dont
l'intégralité se regarde ou s'écoute en trente secondes
pendant le Superbowl, ou en moins de temps qu'il
n'en faut pour fumer une cigarette. Mais plus que
tout, ma très chère Carmela, si je me suis comporté
de cette manière hier soir, c'est parce que je hais
ton anniversaire. »

L'Argentin a débarqué à point nommé avec nos
verres, et nous avons tous deux bondi en avant vers
nos plateaux comme des rats s'enfuyant dans une
ruelle. Dès la première gorgée, tandis que je gisais
dans les limbes bénis de la vodka, il m'a paru évident
que quelqu'un m'avait mis de la colle extraforte sur
les paupières. Jamais plus elles ne s'ouvriraient.

Avec cette tristesse infinie et lumineuse qui était
l'une de ses coquetteries les plus subtiles, et d'une
voix qui peinait à percer les ténèbres dans lesquelles
j'aurais volontiers reposé à tout jamais, Carmela m'a
dit alors : « Reprenons depuis le début. Tu es à bout
de nerfs. Tes rendez-vous ne se sont pas bien passés.
La cocaïne était coupée à la poussière d'ange, ou au
lait en poudre, je ne sais pas. Tu as perdu quinze
mille dollars aux courses de chevaux à Santa Anita.
Le vent de Santa Ana s'est mis à souffler, et tu sais
que c'est une saleté, il paraît qu'il rend fou. En
tout cas, il y a de la magie noire là-dessous.

— À mon grand regret, et avec toutes mes excuses,
je réitère l'explication que je t'ai donnée. Je hais ton
anniversaire.

— C'était un gentil cadeau. Un livre, c'est bien ça ? Bien pensé. Si je lisais, je choisirais sans doute celui-là. Tu n'as aucun regret à avoir. Sur ce plan-là, du moins. »

Au matelas qui s'enfonçait, j'ai senti qu'on s'était assis à l'extrémité de ma chaise longue. Je n'ai même pas eu à ouvrir les yeux. « Margot, espèce d'incorrigible goudou, ai-je dit. J'ai passé quatre jours complètement ivre à Los Angeleeees. Donne donc la main à un mourant.

— Pauvre chéri, a dit Margot. Mes petits choux. Pourquoi Carmela pleure-t-elle ? Et comment diable fait-elle ? Mon Dieu, ses larmes ont une forme absolument parfaite. Des petites gouttes de cristal taillé.

— Merci pour le chemisier en soie, Margot. Il est divin, a répondu Carmela.

— Oh, c'est juste une babiole.

— Une babiole qui a coûté deux cent quatre-vingt-cinq dollars chez Saint-Germaine, j'ai glissé. Je suis bien placé pour le savoir : je suis tombé nez à nez avec Margot, accompagnée d'une ravissante serveuse de restaurant routier, du moins elle en avait l'air.

— Eh bien, on ne peut quand même pas se balader toute nue, a répliqué Margot. Et puis, je le ferai passer en frais. »

Quand Margot parlait de son métier, presque systématiquement, son interlocuteur lui demandait avec un sourire ce qu'elle faisait *vraiment* dans la vie. Un des avantages de son poste était visiblement un crédit de frais de représentation illimité, qui lui aurait permis de résider au Wilshire pendant des mois d'affilée. Elle ne descendait pas dans l'aile ancienne, au premier, côté véranda – préférant sans doute l'anonymat froid du quatrième étage de l'aile *moderne*, où les chambres ressemblaient à des bathysphères avec lesquelles le commandant Cousteau aurait pu explorer la vie sous-marine à des profondeurs qui m'étaient de plus en plus familières (j'étais en train de devenir un expert de la plongée en eaux troubles). Baignoires carrées. Papiers peints métallisés. Épouvantable.

« Au risque de me répéter, laissez-moi poser de nouveau la question : pourquoi Carmela pleure-t-elle ?

— J'ai ruiné sa fête d'anniversaire.

— C'est vrai, a confirmé l'intéressée. Il l'a littéralement saccagée. Nous sommes définitivement *morts*, dans cette ville. Nous pourrions y passer le reste de nos jours sans que personne nous envoie ne serait-ce qu'un pot de renoncules.

— La renoncule est la fleur cultivée la plus ancienne qui existe.

— Rooney, tu as vraiment l'art de la digression opportune. J'ai un gros rencart à 14 heures, et je n'ai pas de temps à perdre en interludes horticoles. Pourquoi as-tu gâché sa fête ?

— Parce que je hais son anniversaire.

— Mon Dieu, tout le monde hait son anniversaire. Ce qui m'intéresse, puisque j'étais moi-même présente, c'est de savoir ce qui a provoqué cette catastrophe.

— Vous rôtirez en enfer, tous les deux, a lancé Carmela en prenant un autre bloody mary des mains de l'Argentin télépathe. Je demanderai à Dieu que vous soyez perclus de rhumatismes à un très jeune âge.

— J'ai des rhumatismes en ce moment même, j'ai objecté. Et il fait si noir.

— Au moins, Lui, là-haut, Il ne déteste pas mon anniversaire.

— C'est parce qu'Il n'est pas obligé d'y aller, a lancé Margot. Bon, décidez-vous, mes petiots. Le compteur tourne. » Et elle m'a glissé un verre dans les mains avec la dextérité de ceux qui prennent soin des malades et des tempéraments difficiles.

« J'ai insulté tout le monde, ai-je expliqué.

— Pas moi, en tout cas.

— Tu étais partie danser le slam avec la diva des routiers. C'était plus tard. Tout a commencé quand j'ai dit à Vilmos Zsigmond qu'il n'y connaissait rien en profondeur de champ. Sans parler de László Kovács, le maître, qui était juste à côté. Je leur ai proposé de leur envoyer à chacun un exemplaire du *Manuel américain du chef opérateur*. J'ai accompagné mon offre d'un geste bien spécifique, que je me remémore avec un haut-le-cœur, pour leur indiquer la différence entre *près* et *loin*. Ensuite j'ai cassé un certain nombre de choses.

— Tout est exact, a confirmé Carmela. Il hait mon anniversaire.

— C'est tellement plus drôle qu'une bande de lesbiennes en chemises de flanelle dansant dans un bar gay qui pue la sueur, a fait remarquer Margot. Je regrette d'être partie. Rooney, pourquoi as-tu fait ces trucs répugnants ?

— Parce qu'elle a jeté mon cadeau. Ensuite elle a ri. Et bien sûr tout le monde en a fait autant. Ils se sont tous moqués de moi.

— Eh bien, il faut admettre que c'était pourri, comme cadeau. Un livre de poche ? À Beverly Hills ?

— Un *très bon* livre de poche. Il contenait une phrase résumant Carmela dans son intégralité : "Prenons la route qui longe le fleuve, jusqu'au casino. C'est plus long, mais il ne se passe rien avant 10 heures, de toute manière." Ce sont les dernières paroles de la mère de Michael Arlen Jr sur son lit de mort. Je les ai même recopiées sur la page de titre, pour que Carmela n'ait pas à se farcir le livre en entier. Tout ce qu'elle avait à faire, c'est lire en dessous, là où ça disait *Avec tout mon amour, Rooney*, et alors elle aurait su ce que je ressentais. Elle ne s'est même pas donné cette peine. Elle a jeté le livre, l'assemblée s'est mise à glousser et, brusquement, j'ai détesté ça. Cette pièce bondée de gens pas tout à fait intelligents, vaguement célèbres, presque beaux, qui seraient pliés en deux en me voyant lire Ezra Pound au bord de la piscine du Wilshire.

— Il a lu Ezra Pound au bord de toutes les foutues piscines du monde. Juste pour prouver qu'il vaut mieux que les autres, tous ceux qui ignorent qui était Ezra Pound et s'en moquent.

— Et comment ça s'est terminé, cette histoire ?

— Mal, comme tu peux l'imaginer. Il est possible qu'on nous ait conseillé de rentrer. Je ne sais pas. Il était très tard, quand on est partis, et ça n'était vraiment, vraiment pas beau à voir.

— Ça ne te ressemble pas du tout.

— Jamais de ma vie je n'avais insulté quiconque sciemment. Quand je fais ma prière le soir, la liste de gens que je recommande à Dieu est interminable. Chaque jour, je repense à la moindre personne que j'ai aimée et je la porte dans mon cœur. Hier soir, je les aurais tous frappés à coups de raquette de tennis. J'aurais volontiers rossé Carmela à la cravache sur le trajet du retour.

— Et aujourd'hui ?

— Je suis submergé de regrets et de remords.

— Je ne crois pas à la culpabilité, a rétorqué Margot. Elle se sera évaporée avant l'heure des cocktails. Personne n'a été blessé ou tué ?

— Je ne crois pas. Il n'y a pas eu de décompte officiel des corps.

— Alors ça baigne. Appelle Delia pour t'excuser, et tout rentrera dans l'ordre. Je vous laisse, alors ne panique pas si ton verre ne se remplit plus comme par magie. J'en ai assez de rester assise là à essayer de me rappeler la couleur de tes yeux, si tu daignes les rouvrir un jour.

— Roses. Comme ceux d'un lapin.

— Ils sont bleus, a corrigé Carmela. Aussi bleus que des saphirs. Enfin, des saphirs bas de gamme.

— Chéri, j'ai une chose à te dire, a repris Margot. La vie est longue. Parfois, les fêtes durent plus longtemps encore. Tu ferais mieux d'être prudent. Tu portes le gène en toi. Mon père l'avait, lui aussi, paix à son âme. Mes frères également. Et moi, bien sûr.

— Quel gène ?

— Tu le sais aussi bien que moi. » Elle m'a tapoté la jambe. « Maintenant, je file. Et pour ta gouverne, elle ne travaille pas dans un restaurant routier. Elle est ingénieur dans les revêtements de carrosserie. À plus tard. »

Margot est partie en faisant crisser ses espadrilles sur la terrasse de la piscine. J'avais le gène. Moi. Je savais exactement de quoi elle voulait parler.

Je me suis tourné vers Carmela, qui s'était couvert le visage de sa serviette de bain jaune. « Tu n'imagines pas à quel point je suis désolé.

— Ce n'est pas à moi qu'il faut le dire, mais à Delia et Buzzy. S'ils veulent bien répondre au téléphone. »

Je suis rentré les appeler. J'ai regardé Steve McQueen écraser sa cigarette avant d'aller se faire pétrir et malaxer par le masseur finlandais. Je suis sûr qu'il fumait aussi pendant son massage. C'est vous dire s'il était cool.

Deux ans plus tard, je me suis fait faire des cartes chez Tiffany qui disaient :

« Mr. ———— regrette profondément

Son comportement d'hier soir

Et implore votre indulgence. »

Mais c'était après, quand les incidents se firent plus fréquents et plus extravagants. « Monumentaux », c'est sans doute le terme que je cherche. Les épisodes de mortification devinrent de plus en plus réguliers, alimentés par l'argent, par un malaise général, la haine de tout et de tous, même de ceux que j'aimais le plus.

Je disais toujours « Je suis obligé de… ». Pas seulement : « Je suis obligé d'aller en Californie la semaine prochaine », mais aussi : « Je suis obligé de dîner chez les Callaway. »

La vie était devenue un tel fardeau. Tout m'irritait, à commencer par moi-même. À chacun ses dégoûts.

Buzzy a décroché à la deuxième sonnerie, comme s'il attendait mon appel. Il était totalement alerte. Pas la moindre gueule de bois. Sa maison était impeccable, car l'équipe de nettoyage avait débarqué deux heures après le départ des invités, une fois la dernière ligne de coke sniffée.

Buzzy ne fumait pas. Il ne buvait pas, ne touchait pas à la drogue. Il disait avoir essayé une fois, à la fac, mais ça ne lui avait pas plu, alors il n'avait jamais recommencé. Une seule fois ? Je lui avais rétorqué : « Parce que tu crois que c'est venu tout seul, pour nous ? On a dû bosser pour en arriver là, je te signale. » Il était médecin, alors on ne la lui faisait pas. C'est lui qui m'avait fait passer ma dernière visite médicale, et son unique conseil avait été : « Change de cap. »

« Buzzy, est-ce que quelqu'un est mort, hier soir ?

— Les chiffres définitifs ne sont pas encore tombés, mais il semblerait que nous n'ayons essuyé aucune perte.

— Des dommages collatéraux ?

— Tu sais, ce tapis, dans l'entrée ? Celui qui a été confectionné à la main il y a deux siècles, en Perse ?

— Ravissant. Je l'adore.

— L'adorais.

— Il a disparu ? En un clin d'œil ?

— Eh bien, pas tout à fait en un clin d'œil. Tu y as mis le feu, semble-t-il pour vérifier que la poire Williams était inflammable.

— J'ai mis le feu à ton tapis ?

— Après avoir dit à László qu'il n'était qu'un amateur, il semble que tu avais encore quelques blagues à faire.

— Est-ce que c'est réparable ?

— Je n'en sais rien. Peut-être que les employés de la décharge pourraient te le dire.

— Je me sens minable.

— Tu es une vraie merde, on te l'a déjà dit ?

— Un millier de fois, Buzzy. Un millier de fois. Tu sais quoi ? C'est la vérité. Laisse-moi t'inviter à dîner.

— Tu me rachètes un tapis ?

— Tu me rappelles la taille ?

— Un mètre vingt par deux mètres soixante. Chez Musso ?

— 20 heures. »

J'ai passé l'après-midi chez Aga John, sur Melrose, où j'ai dégotté une pièce incroyable, un Tabriz 80 Raj en laine et soie. C'était le seul de la boutique à avoir les bonnes dimensions, alors je l'ai acheté et l'ai fait livrer. Quarante-deux mille dollars. Plus trois cents de livraison.

Le dîner fut exquis. On n'a pas parlé du tapis. Ensuite on est rentrés se coucher et, Carmela et moi, on a dormi comme des bébés.

Le lendemain, on a pris le vol de midi depuis LAX, arrivée à minuit. Une fois à la maison, on a fait l'amour à la va-vite avant que les somnifères agissent, et j'ai bondi de mon lit à 6 heures pour mon rendez-vous avec Bart, mon entraîneur.

Le week-end m'avait coûté un total de cinquante mille dollars, tapis compris.

Je les avais regagnés avant le déjeuner. J'ai serré les dents et j'ai offert à Carmela un bracelet Cartier en diamants et rubis à soixante-dix-huit mille dollars, hors taxes. Une aciérie de Des Moines fit faillite, mais mon mariage était temporairement sauvé.

Comme je le disais, à cette époque, nous étions des vampires. De charmants et magnifiques vampires.

Fanelli s'éclate à Vegas

Fanelli voulait absolument aller passer la soirée à Vegas, et ça ne rigolait pas. En faisant une pause dans son bureau pour fumer une cigarette, je l'ai entendu au téléphone avec la fille de l'agence de voyages.

« Écoute, chérie, il beuglait. Mon chou, je n'ai peut-être pas été assez clair. Je veux louer une Eldorado décapotable blanche, et je veux qu'elle m'attende à l'aéroport. Tu as bien noté ? Blanche. Je veux la plus grosse des putain de Cadillac Eldorado, je veux qu'elle déchire. Alors elle a intérêt à être garée dehors à la seconde où l'avion atterrit, et il vaudrait mieux pour tout le monde qu'elle soit blanche, putain. » Il a raccroché violemment. « J'*adore* négocier avec l'Américain moyen.

— Fanelli, j'ai dit, je comprends que tu veuilles une Cadillac. Je comprends que tu la préfères décapotable. Mais pourquoi blanche ? »

Il m'a regardé en écartant les mains loin devant lui d'un air de dire « Mon Dieu, parfois tu peux être tellement demeuré que c'en est consternant » et il a répondu, du ton le plus condescendant : « Noire pour Tahoe. Blanche pour Vegas. »

Si Fanelli voulait aller à Vegas, c'est parce qu'il organisait son propre enterrement de vie de garçon.

Il allait se marier et, comme il le disait avec grâce, il n'avait aucune confiance dans une bande de cons décérébrés – nous – pour faire les choses correctement. « Franchement, les gars, des havanes et des steaks chez Giorgio, et puis une virée chez Billy's Topless. Qu'est-ce que c'est que cette *merde* ? »

L'été précédent, aux Hamptons, Fanelli était tombé amoureux d'une Anglaise du nom d'Anthea. Sa dulcinée travaillait dans une agence de pub, ce qui nous paraissait incroyablement glamour, même si elle affirmait que le principal intérêt de ce poste était de pouvoir venir bosser en pantalon de peintre et en T-shirt XXL déchiré sans que personne trouve rien à y redire. Pour nous qui ne jurions que par la fine fleur du sur-mesure italien, ça semblait un bon plan – pour être exact, ajoutons tout de même que le soir où Fanelli l'avait rencontrée, Anthea se tenait au bar en microjupe lamée or et chemisier transparent qui laissait voir les aréoles sombres de ses mamelons, et qu'elle ressemblait à un mannequin. Elle était d'ailleurs passée par là avant de reprendre des études et de devenir directrice artistique. « La vie de mannequin ? Ça consiste en gros à rester plantée toute la journée dans les vêtements de quelqu'un d'autre », résumait-elle.

À mon sens, elle forçait un peu sur le côté british, et on aurait dit qu'elle s'était coupé les cheveux elle-même aux ciseaux à bouts ronds, mais c'était une chouette fille, qui fumait le cigare avec nous et tenait mieux l'alcool que la plupart des gars de la bande.

Du fait de sa vie nocturne bien remplie, elle n'arrivait jamais au bureau avant 11 heures et, quand son patron lui faisait remarquer son retard, elle répondait simplement : « Oui, c'est tout à fait exact. » Pour elle, inventer des excuses était un calvaire, car il aurait fallu en trouver une par jour, se rappeler ce qu'elle avait dit la veille, et elle ne pouvait pas emmener trois fois par semaine chez le vétérinaire le chien qu'elle n'avait pas, ou attendre le plombier tous les lundis matin. Elle ajoutait qu'une partie de son travail consistait à absorber la culture en temps réel pour la recracher dans les pages des magazines ou sur les écrans de télé clignotant dans la pénombre des salons de Cleveland ou de Mobile, et que ce n'était pas sa faute si le meilleur moment pour capter la culture en question se trouvait être 2 heures du matin.

Elle vendait des produits capillaires, ce qui était assez marrant de la part d'une fille avec des cheveux pareils, complètement aplatis et qui semblaient ne pas avoir vu de shampooing ou même une brosse depuis des semaines – ça lui prenait des heures, de se faire cette tête-là. Ces produits étaient censés offrir à la ménagère de Cleveland, de Mobile ou d'ailleurs une chevelure sublimée, chatoyante et resplendissante de santé. Bien sûr, les pubs étaient des montages éhontés : si la fille avait les cheveux tellement brillants, c'est parce qu'on lui braquait des projecteurs dessus, au point que la tête d'un mannequin avait pris feu au milieu d'un *shooting* presse. Ça avait fait un gros scandale, et l'agence de mannequins avait poursuivi l'agence de pub pour perte de revenus.

Si Anthea avait réussi à s'imposer dans notre groupe, c'est que, comme toutes les filles qui parvenaient à sortir du lot, elle était grande, mince et pas totalement crétine. Et puis, elle ajoutait quelque chose par sa présence, à fumer le cigare et à descendre des Rémy Martin comme de la limonade. Pour expliquer sa ligne et sa remarquable ossature, elle disait : « Je dois tout aux produits laitiers. »

Aussi Fanelli avait-il claqué cinquante mille billets dans une bague, puis il avait emmené Anthea dîner chez Chanterelle, et dans deux semaines il serait marié. Et j'étais son témoin.

Ils avaient prévu deux cérémonies : la première à New York et l'autre, l'été suivant, en Angleterre, où les parents de la mariée appartenaient à la noblesse terrienne et étaient pleins aux as, si bien que tout le monde se pointerait en haut-de-forme et queue-de-pie pour boire du sherry sur la pelouse avant le service religieux, qui serait assuré par ce cher pasteur Machin Truc, grand ami de la famille.

Anthea connaissait tout le monde dans le milieu de la mode. C'est Geoffrey Beene qui faisait sa robe, avec Kevyn Aucoin au maquillage. Depuis, ce dernier est mort d'une overdose de médicaments, après avoir transformé en véritables splendeurs une foule de filles cadavériques.

C'est pourquoi des steaks et quelques paires de seins nus paraissaient un peu légers à Fanelli. Il était amoureux, il jurait qu'une fois marié il emménagerait à Greenwich et aurait des enfants avec trois prénoms comme ça se faisait en Angleterre, et qu'à partir de là il ne faudrait plus compter sur lui pour les petites virées billard chez William sur Carmine Street. Voilà pourquoi il voulait passer une dernière soirée à Vegas. Pour tout ce que le lieu avait à offrir en termes de transgression, d'alcool et de lubricité.

Quant à Anthea, qui ramassait deux cent mille dollars par an rien que pour faire briller les cheveux des filles – pas mal, pour une expatriée de vingt-six ans –, elle partait en Jamaïque avec trois copines danser avec des rastas et fumer des pétards géants, histoire de rentrer au bercail bien perturbée par l'expérience. Pour nous, cette fille était vraiment comme un gars de la bande, on l'aimait bien, du coup on n'en voulait pas trop à Fanelli de nous tourner le dos.

La fine équipe était donc composée de Trotmeier et de Frank, une vraie baraque – il était même tellement costaud qu'il avait exigé dans son contrat d'avoir une limousine pour aller bosser tous les matins au motif qu'il ne rentrait pas dans un taxi standard, et des billets d'avion en classe affaires pour pouvoir allonger ses jambes. En plus de ces deux-là, il y avait Fanelli et moi.

On a atterri à Las Vegas le samedi à 15 heures. J'étais un peu patraque, vu que j'avais passé la nuit à discuter avec Carmela (toujours la même scène qui commençait par « Tu ne m'aimes pas assez »), mais deux ou trois gin tonics et un petit somme dans l'avion m'avaient rendu des couleurs. Mon seul problème, c'est que je n'étais pas à fond dans l'ambiance festive, et je savais qu'il allait me falloir puiser dans mes dernières réserves pour survivre à ce carnage.

Mais je peux vous dire qu'il y avait bien une Eldorado blanche à l'aéroport, avec une petite employée de chez Hertz tout émue qui avait tendu les clefs à Fanelli en tremblant. Il lui avait donné cinquante dollars. « Vous voyez ? avait-il tonné. On se marre déjà ! »

Nous avons débarqué au Caesars Palace dans un grand déballage de vulgarité et de testostérone. Le personnel de l'hôtel en avait vu d'autres, personne n'a cillé. Fanelli disait que Vegas était la seule ville au monde où l'on pouvait descendre d'avion, louer une voiture, rester tout le week-end et rendre la bagnole avec moins de cinq kilomètres au compteur.

On aurait pu prendre un taxi pour beaucoup moins cher, mais Big Frank aurait été obligé de se plier en deux et il aurait passé tout le trajet à geindre. Cette expression, on la tenait d'Anthea : « Oh, arrête de geindre », disait-elle quand Frank faisait une scène parce que son steak n'était pas parfaitement saisi dehors et bleu dedans.

À la réception, on m'a donné la clef de ma chambre, et j'ai demandé comment m'y rendre. « D'abord vous traversez le casino. » À Vegas, au Caesars Palace, où qu'on veuille aller, il faut passer par le casino. « Ensuite, vous prenez à droite après la Barge de Cléopâtre, notre restaurant flottant, puis vous descendez le couloir jusqu'à la grande statue de Joe Louis, et là ce sera à gauche. Vous prenez l'ascenseur jusqu'à la chambre 1812, dans la Tour des Fantasmes. » Et c'était parfaitement exact.

Avant qu'on monte dans nos chambres, Fanelli nous a tendu à chacun une enveloppe en disant : « Bienvenue à Vegas, les gars. On se retrouve à dîner. 20 heures. Sur votre trente et un. »

Pour le plaisir, un petit aperçu de la chambre 1812 : elle était vraiment immense. Aquatique. Et sur deux niveaux. En haut, le lit circulaire de deux mètres cinquante de diamètre était recouvert d'un dessus-de-lit en velours bordeaux. Il y avait un seul fauteuil et, sur la table de nuit, un radio-réveil brisé en deux, comme si le dernier client l'avait achevé à la hache après une mauvaise nuit.

Par l'unique meurtrière – enfin, dans les minuscules interstices du treillage en ciment qui masquait la vitre –, on avait vue sur le désert. Et bien sûr ça ne s'ouvrait pas. Visiblement, la direction ne voulait *vraiment* pas qu'on cherche à sauter de la chambre 1812, en cas de malchance au jeu. Même complètement désespéré, dans la Tour des Fantasmes il fallait renoncer au projet de se foutre en l'air par défenestration.

Mais écoutez le plus incroyable : en contrebas, quasiment au pied du lit, ils avaient mis un jacuzzi d'un mètre de profondeur, pareil à une piscine hors sol. Au dix-huitième étage. J'imagine que c'est ce que l'architecte entendait par « fantasme ».

Il m'a fallu un certain temps pour trouver la salle de bains, un placard exigu caché à l'autre bout de la pièce. Tout y était minuscule : des toilettes miniatures, une douche et un lavabo pour Lilliputiens.

J'ai ouvert l'enveloppe de Fanelli. Elle contenait six préservatifs, un gramme de cocaïne, deux billets de cent dollars, ainsi qu'un petit mot qui disait : « Merci de partager ma dernière nuit sur terre avant la grande révolution. » Fanelli était un type généreux.

J'ai voulu me reposer, et c'est alors, à peine allongé, que j'ai remarqué un énorme miroir au plafond, aux dimensions du lit. Hallucinant.

Le sommeil ne venait pas. Je n'arrêtais pas de penser à ma silhouette flottant au plafond, j'essayais de m'imprégner de mon environnement, d'être dans la Gestalt, mais c'était vraiment trop perturbant. J'imagine que Vegas n'est pas le genre de ville où l'on fait la sieste.

Alors je me suis relevé, j'ai pris quelques rails de l'excellente coke de Fanelli, et ça m'a remis direct d'aplomb. J'ai donc décidé d'aller rôder au casino.

On y croisait tous les visages de la veulerie. Il y avait un tas de gens gros. Beaucoup d'Asiatiques. Ça sentait la sueur et l'argent, et des sommes considérables passaient de main en main.

Aux machines à sous, j'ai vu une septuagénaire en chemise de nuit légère et pantoufles qui tirait sans relâche sur le manche, un seau de pièces sur les genoux et une cigarette au coin de ses lèvres desséchées.

Je me suis demandé comment une addiction tellement sexy chez les jeunes pouvait devenir aussi répugnante chez les vieux. Dans la foulée, je me suis juré d'arrêter de fumer avant quarante ans. Tant qu'on a du charme, on peut se laisser aller, on vous pardonne tout. Mais il suffit de perdre de sa superbe pour que les portes de tous les clubs VIP se ferment instantanément. Je serais la première personne dans l'histoire de l'humanité à arrêter de fumer pour préserver non pas sa santé, mais son sex-appeal. Sauf que presque aussitôt, je me suis dit : *Et merde, je ne suis pas venu à Vegas pour arrêter de fumer.*

Elle n'avait pas l'air heureuse, cette vieille dame, mais ça faisait un gros tas de pièces, de quoi se dérider avant d'avoir fini son paquet de cigarettes.

Je n'ai pas joué de l'après-midi. Je me suis contenté d'errer pour m'imprégner de l'ambiance. Tout allait très vite, il n'y avait pas d'horloges aux murs, comme au bureau, et en gros les gens se comportaient comme en salle des marchés. Je me sentais parfaitement à l'aise.

J'ai regardé le spectacle tout en buvant des cocktails. Le silence tendu à la table de black-jack. La frénésie à certaines tables de craps, la morosité moite à d'autres. Les parieurs timides, ceux qui ne pouvaient s'empêcher de jouer tout en sachant qu'ils n'avaient pas les moyens de perdre. Les Texans extravertis avec leur chapeau de cow-boy et leurs piles de jetons noirs. Les couples en lune de miel, qui jouaient l'argent de papa.

Tandis que je déambulais dans le casino, ma vie me paraissait tellement vaste : j'étais jeune, avec un avenir à perte de vue, de l'argent à ne plus savoir qu'en faire, des filles à volonté et un gramme de cocaïne, là-haut, dans la Tour des Fantasmes. Je sentais le pouls de la salle battre au creux de mes paumes. Je savais que j'allais gagner, et j'avais tout mon temps.

Il y avait des putes partout. Des belles filles. Mais je n'avais pas envie de sexe, du moins pas encore. Tout ce que je voulais, c'était être un Américain ordinaire en visite à Vegas avec ses meilleurs amis, quatre jeunes gars beaux et riches qui avaient débarqué dans une Eldorado blanche, histoire de se dépayser. J'ai été saisi d'un élan de tendresse pour Fanelli, pour sa générosité, pour sa bonne nature chaleureuse, pour toutes ces soirées à boire et à discuter dont je ne me rappelais strictement rien, si ce n'est qu'on avait ri comme des bossus. On riait toujours des petites gens.

Je n'ai pas joué car je ne voulais pas perdre. J'étais là pour gagner, et ce serait pour plus tard. Je le sentais dans mes veines. J'ai consulté ma montre. Il était 7 heures. Aucun autre moyen d'évaluer l'heure. On ne pouvait pas regarder dehors. Au Caesars Palace, il n'y avait plus ni espace ni temps.

Avant de remonter dans ma chambre, j'ai vu un couple franchir les portes en verre fumé du hall, en tenue de tennis. Je l'ai regardé passer, ébahi qu'il y ait des courts dans l'hôtel et que quiconque puisse venir à Vegas pour taper dans une balle. Par les portes coulissantes, j'ai brièvement aperçu un morceau de ciel, rouge sang et bleu pâle.

Fraîchement douché et rasé, tout frétillant dans mon costume bleu chic et sobre, je me suis présenté pour le dîner à 20 heures tapantes. On avait rendez-vous dans le salon Frank Sinatra. Les trois autres étaient déjà là, autour d'une bouteille de bordeaux à deux cent cinquante dollars, débouchée sur la table.

C'était un peu glauque, comme atmosphère. La salle entière était tapissée de grandes photos du crooner et de ses gars. Ils sont tous morts, aujourd'hui ; déjà, à l'époque, ils étaient croulants. Les portraits dataient d'un autre temps, celui où Vegas était flambant neuve, où personne n'avait encore atomisé son radio-réveil à la hache.

« Bienvenue dans le nouveau *Rat Pack*, a lancé Fanelli tandis que je prenais place.

— Frank Sinatra se faisait confectionner tous ses costumes par le même tailleur, j'ai répondu, et ils étaient toujours doublés de soie orange.

— Comment fais-tu pour savoir autant de choses parfaitement inutiles ?

— Quand j'étais à Los Angeles, le tailleur de Sinatra m'a fait un costume. Le plus laid que j'aie jamais porté. Doublé de soie orange. »

Fanelli avait passé une bonne journée. Il était arrivé avec un jeton de cent dollars en poche, reliquat d'une précédente visite. Sans réfléchir, à la première table de roulette qu'il avait croisée sur le chemin de sa chambre, il avait misé le jeton sur le trente-deux, son chiffre porte-bonheur.

Le trente-deux était sorti, et Fanelli avait empoché trois mille cinq cents dollars. Il avait remis ça, avec des mises à cheval et en carré, et le trente-six était sorti. Il avait joué de nouveau et, contre toute probabilité, le trente-deux avait encore gagné. En glissant la clef dans la porte de sa chambre, Fanelli était plus riche de vingt mille dollars. Il se sentait d'humeur expansive, et sentimentale.

Aussi avait-il dépensé trois mille billets pour des putes de toutes les origines ethniques possibles – sauf européenne. « J'aurai mon compte de viande blanche très bientôt », avait-il expliqué. Des positions ésotériques dans la mousse, des acrobaties à faire déborder le jacuzzi : à l'écouter, ç'avait été l'éclate, et il faut avouer qu'il avait l'air incroyablement revigoré. Il avait réussi à faire taire les filles assez longtemps pour appeler Anthea et lui dire combien il l'adorait. Il estimait que c'était la moindre des choses et, par ailleurs, il était sincère.

Le dîner s'est révélé étonnamment bon, entre libations ruineuses et jubilation débridée. Tout m'avait soudain paru parfait : la présence de mes meilleurs amis, les énormes photos de Sinatra, la nourriture trop chère et trop alambiquée, les serveurs las qui avaient tout vu en matière de comportement humain et qui accomplissaient leur devoir avec une affectation qui ne faisait qu'ajouter à l'hilarité générale. On a discuté femmes et millésimes, on s'est remémoré toutes les fois où on s'était biturés ensemble et les excentricités qui en avaient résulté, on a parlé argent, tout ce fric qu'il y avait à ramasser dans le monde. Il suffisait de placer un jeton sur son chiffre fétiche et de laisser tourner la roue. Pas plus dur que de piquer sa sucette à un gosse.

On a offert à Fanelli son cadeau de mariage. Une boîte à cigares en argent massif de chez Tiffany, signée de nos noms à tous et remplie de havanes. Il en a versé des larmes de reconnaissance et d'empathie. Il était tellement ému que ça a failli ruiner l'ambiance ; pourtant, il savait bien qu'une fois marié, jamais Anthea ne le laisserait fumer à la maison. Elle avait horreur de ça.

Frank a relancé le mouvement. Peu de temps auparavant, il s'était réveillé un matin encore bourré de la veille. Une grosse réunion l'attendait, et alors qu'il se dépêchait de s'habiller, il s'était soudain rendu compte qu'il était incapable de faire son nœud de cravate. Debout devant le miroir de la salle de bains, il avait tout essayé. En vain. Par chance, Frank était le genre de gars à ne rien jeter, et il s'était souvenu qu'il avait encore le mode d'emploi de sa première cravate, une carte avec des dessins simplistes expliquant à un gamin de treize ans comment faire un nœud. Frank l'avait retrouvée, mais il n'avait pas davantage réussi à suivre les instructions. Alors il s'était enroulé sa plus belle cravate autour du cou et il était descendu prendre sa limousine. Assis sur la banquette arrière en train de lire le *Wall Street Journal*, il avait aperçu son reflet dans le rétroviseur. « Mon Dieu, s'était-il dit en pensant à tout autre chose, j'ai oublié de nouer ma cravate. » Et sans le moindre effort, il avait réalisé un double Windsor impeccable. Voilà le genre de gars que c'était, Frank. Un type à ne jamais se laisser démonter en public. Il s'était présenté à la réunion, rasé de près et élégant, l'archétype de l'ivrogne en col blanc, et il s'en était sorti avec brio en recommandant toutes sortes de manœuvres élaborées à un fabricant de fixations de ski blindé de fric.

On a porté un toast à Fanelli, en lui souhaitant une belle vie, bien méritée en dépit de ses nombreux écarts de comportement, qui furent évidemment décrits par le menu. L'intéressé s'est alors levé pour nous prévenir qu'à l'issue de ce week-end, sitôt que l'avion aurait atterri à New York, le Fanelli que nous avions connu serait mort à jamais, qu'il nous verrait au bureau et nous traiterait tous en amis, ceux avec lesquels il avait partagé les moments les plus heureux de sa vie, mais que cette vie appartiendrait désormais au passé. Il en a eu les larmes aux yeux et il s'est fendu d'un « Je vous aime, les gars » dont on se serait bien passés. Il n'empêche qu'on s'est tous retrouvés à deux doigts de chialer et qu'on l'a serré dans nos bras. Ensuite il a réglé le dîner en liquide, laissant un pourboire qui a changé le regard des serveurs sur lui, et on est allés voir Diana Ross au Colisée, la grande salle.

Assis là sur notre banquette de velours rouge, on s'est soudain rendu compte qu'on avait l'air d'une brochette d'homos du Midwest venus se prosterner aux pieds de la Diva. Une quantité impressionnante de cocktails a défilé, et nous les avons consommés dans un silence religieux tout en contemplant cette créature incroyable. Parce qu'elle avait beau s'être comportée comme une teigne avec les autres filles du groupe et les avoir laissées sur le carreau pendant qu'elle s'offrait à son public en adoration, dans sa robe rouge à sequins et sa traîne en plumes blanches, je peux vous dire que cette femme-là savait chanter.

« Je parie qu'elle fait des pipes formidables », a lancé Frank, à quoi Trotmeier a répondu : « Elle ne doit jamais rien avaler, pour rester aussi mince.

— Je me sens devenir un petit peu homo rien qu'à la regarder », a conclu Fanelli.

Il avait une drôle de manie, le bonhomme. Partout où il allait, il emportait une peluche d'un des personnages de 1, rue Sésame, l'ours Fozzie. Fozzie avait bourlingué en Europe, dans les îles Caïmans, tout autour du globe. Fanelli avait photographié son ours avec chacun de ses amis, ainsi que toutes les femmes avec lesquelles il couchait.

Les ours font du fric, disait Fanelli. Les ours niquent comme des bêtes.

Présentement, Fozzie était assis au premier rang du Colisée avec une bouteille de champagne Cristal, les projecteurs de la scène illuminant son chapeau vert, et il contemplait l'une des plus grandes artistes de tous les temps. Fanelli se mit en tête de prendre une photo de la peluche avec la Diva en personne. Après le spectacle, il réussit à se frayer un chemin en coulisse et, face à l'armée de gardes du corps, il prétendit être Arne Næss, le petit ami suédois et milliardaire que la chanteuse devait épouser l'année suivante, et il parvint jusqu'à la loge de Diana, où il prit sa photo. Elle trouva son stratagème charmant et se montra absolument exquise. Elle en riait de joie, dévoilant ses millions de dents étincelantes. Ce fut le couronnement de la carrière de Fanelli, et aussi de celle de Fozzie, et on n'entendit plus parler que de ça.

Plus tard, après avoir épousé son milliardaire, lequel était membre du Maidstone Club, Diana Ross a décidé d'y déjeuner un dimanche, devenant ainsi la seule et unique personne de couleur à avoir pénétré dans cette salle à manger – hormis pour le service. On racontait pour plaisanter que des gradins avaient été montés le long de l'allée d'arrivée pour que personne ne manque son entrée. Ce jour-là, elle a marqué l'histoire, et le Maidstone n'a plus jamais été le même.

Après l'aventure Diana, chacun a repris sa route, les poches remplies de cash, attendant que l'adrénaline monte et prenne le contrôle de tout, du moindre désir, de la moindre pulsion, des tics de notre système nerveux surmené. La roulette qui tourne, la carte qui claque sur le feutre vert de la table, les dés qui virevoltent. Comme un lundi matin au bureau. Sauf qu'il était 1 heure du matin, et que c'était Vegas.

J'ai perdu mille dollars au black-jack – j'étais trop absorbé par la croupière, honteusement sexy dans son petit uniforme, pour me concentrer sur les cartes.

À la roulette, j'ai misé cent sur le trente-deux, juste pour Fanelli, et j'ai perdu.

C'est alors que j'ai aperçu une table de craps toute triste, qui aurait eu bien besoin d'un peu d'amour. Les six personnes assises autour étaient clairement des tocards. Je me suis dit : *O.K., les gars, écartez-vous de la gamelle du molosse.*

Attablé près du croupier, j'ai allongé cinq cents d'entrée. J'en ai perdu quatre cents en deux minutes. Puis j'ai eu les dés en main et j'ai senti comme un déclic. *C'est parti, cow-boy,* j'ai pensé.

J'ai lancé. Six. La routine s'est mise en place et je sentais que j'avais des doigts en or. Ensuite j'ai fait un sept – fin du round et nouveau lancer de sortie : cinq. Je ne lâchais plus les dés, et la foule a commencé à affluer autour de la table. À chaque coup sortait exactement le nombre dont j'avais besoin. Je le visualisais avant que les dés touchent la table. Devant moi, la pile de jetons grossissait, alors je me suis mis à miser imprudemment.

Je me suis tourné vers le croupier pour lui tendre un pourboire. « Mets-les plutôt sur *Come* pour moi, fiston. Je m'amuse bien. »

Je me suis exécuté, et à partir de là, avec le croupier, on a joué ensemble. Je pariais mes jetons, et il me disait quoi faire des siens. Ça n'arrive jamais, à Vegas, où les croupiers sont censés être de vraies tombes. Lui me donnait des conseils pour améliorer ma stratégie.

Des cocktails ont commencé à surgir devant moi, sur la table. J'avais dû dire à l'une des filles en toge ce que je buvais, mais je n'en gardais aucun souvenir. Les verres arrivaient comme par magie. Les spectateurs aussi, et on sentait la fièvre collective monter, un tourbillon brûlant qui s'est bientôt transformé en brasier.

Des types copiaient chacun de mes gestes, misaient cinq cents dollars sur moi en faisant glisser leurs piles de jetons noirs, et j'étais au diapason, parfaitement synchrone avec le rythme de la table. J'avais toujours un coup d'avance sur le destin.

Au bout de vingt minutes, il devait y avoir cinquante personnes autour de la table. Fanelli est venu jeter un œil. Je ne l'ai même pas vu. Frank s'est avancé et il est entré dans le jeu. Il avait beau être gigantesque, je n'ai pas remarqué sa présence. Pour moi, il n'y avait plus rien d'autre au monde que ces deux dés et ce long tapis vert recouvert de chiffres et d'argent.

Ils ont changé de croupier, dans l'espoir de se débarrasser de moi. On m'a apporté d'autres cocktails. Une grande pute dégingandée en robe à paillettes est venue se planter à côté de moi, sa cuisse touchant la mienne quand je me penchais pour lancer. Je ne sentais rien.

J'ai cassé la baraque, épuisé trois croupiers, jusqu'à ce que le premier revienne. Je me suis remis à parier pour deux, et tout s'est bien passé pendant un long moment.

Au bout de quarante-cinq minutes, j'ai fait un « naturel », et toute la table a applaudi. J'avais neuf gin tonics alignés à portée de main.

Le croupier s'est tourné vers moi. « Voilà ce que tu vas faire, maintenant, fiston. Laisse deux personnes lancer. Si tu ne gagnes pas, ramasse tes jetons et quitte la table. Tu as eu une bonne soirée. Pars au bon moment. »

Les porcs, eux, perdent tout.

Le lanceur suivant était un petit Asiatique. Il nageait dans son costume taille trente-six. J'ai perdu cinq cents. Les dés sont passés entre les mains d'un sosie de John Carradine dans *L'Odyssée des mormons*, quand il pète un câble. Il a lancé une fois. J'ai perdu.

« C'est fini pour toi, fiston », a annoncé le croupier, et j'ai ramassé mes jetons. Quand je lui ai tendu cent dollars de pourboire, il a objecté : « Tu en as assez fait pour moi, mon grand, crois-moi. Disons-nous simplement bonsoir. »

Dès l'instant où j'ai quitté la table, j'ai vu les gros joueurs récupérer leurs jetons et changer d'air, conscients que ce genre de configuration ne se présentait pas souvent, voire quasiment jamais, et que cette table était bonne pour une longue traversée du désert.

Je me suis tourné vers la pute brune à côté de moi. « Chambre 1812. Tour des Fantasmes. Dans dix minutes. »

J'ai fourré les jetons dans mes poches. Les Italiens disent qu'il ne faut jamais rien mettre dans ses poches de costume, que ça déforme le tissu. J'ai fait une exception.

J'ai embarqué trois gin tonics, et je suis allé encaisser mes gains. J'avais ramassé trente-deux mille dollars.

Un quart d'heure plus tard, j'étais nu sur le lit bordeaux en compagnie de la pute, Arrielle. Il a fallu qu'elle me l'épelle. *Ouais*, je me suis dit. *Et moi je suis Billy Champagne. J'ai trente-deux mille dollars en liquide, et je peux être exactement qui je veux.*

Je n'aime pas faire l'amour avec des putes. Pour commencer, elles refusent d'embrasser. Et leurs seins sont tellement faux. Et puis ça a quelque chose de déprimant, si on considère que l'un des deux s'emmerde à mourir et contemple son reflet au plafond en se récitant la liste des choses à faire le lendemain. Mais je lui ai fait un cunnilingus, et comme j'étais un as en la matière, jamais de faux pas, elle a eu l'air d'aimer ça. Elle m'a griffé le dos avec ses longs ongles noirs.

On peut faire l'amour à une pute en moins de temps qu'il n'en faut pour écouter un tube de variétés. Quand on a eu terminé, je lui ai donné deux mille dollars, ce qui ne lui a visiblement pas déplu. Elle pouvait rentrer chez elle se reposer. À la porte, elle s'est retournée vers moi, toujours nu sur le lit. Elle a agité l'annulaire et m'a lancé un clin d'œil. « Elle en a, de la chance... » Et puis elle a disparu.

J'ai pris un bain. Il a fallu vingt minutes pour que ce foutu truc se remplisse, mais j'ai patienté en fumant et en descendant des gin tonics. L'eau m'a calmé, a apaisé mon cœur. On aurait pu faire des longueurs, dans ce jacuzzi. C'était la conclusion parfaite d'une nuit délicieuse. Je me suis allongé sur le couvre-lit, j'ai fumé une dernière cigarette et liquidé les cocktails. J'ai aperçu mon reflet au plafond, ma silhouette nue et mouillée sur le velours. Brusquement, je me suis senti amoureux de moi-même.

Il ne restait aucune trace du garçon que j'avais été autrefois. J'avais un corps d'homme, parfait. Je voyais les veines épaisses affleurant sur mes biceps, mon ventre plat et musclé, mes cuisses, mon entre-jambe, mes cheveux humides – coupés toutes les trois semaines à domicile et pour un prix indécent par un petit Anglais du nom de Benjamin Moss, et je m'adorais littéralement. J'étais persuadé que jamais plus je ne me sentirais aussi bien. Du fond de leur Virginie, mes parents auraient été choqués et horrifiés. Si ma mère avait eu vent de ma soirée, elle aurait immédiatement déboulé pour me ramener à la maison, avec en prime une bonne correction.

Le soleil se levait tout juste et, malgré sa déco criarde, la chambre s'est emplie de reflets roses et romantiques. Je me suis endormi sans même prendre la peine de me glisser entre les draps, dans la fumée de cigarette qui flottait encore dans l'air, avec mes trente mille dollars sur la table de nuit, à côté du radio-réveil fendu à la hache. *J'adore cette ville,* ai-je eu le temps de me dire.

Je savais qu'il n'y aurait jamais plus d'aube aussi belle.

Trois heures plus tard, le téléphone a sonné. C'était Fanelli. « Dans deux minutes, *room service* à ta porte avec des bloody mary, et ton serviteur. Habille-toi. »

Quelques instants après, j'ai ouvert la porte en caleçon Paul Stuart et Fanelli est apparu, suivi d'une bombe en veste blanche portant trois bloody mary.

« Debout là-dedans ! a braillé Fanelli. Alors, ça boume, mon pote ? Je parie que tu ne t'étais jamais autant amusé. »

Il a donné vingt dollars à la fille pour sa peine et elle est repartie, nous laissant boire et nous raconter les dernières nouvelles pendant que je m'habillais. Fozzie avait son bloody mary à lui, dûment photographié.

Fanelli s'est assis sur le bord du jacuzzi. « C'est le plus gros cendrier que j'aie vu de ma vie », a-t-il commenté en faisant tomber la cendre de son cigare dedans.

« Quelle heure est-il ? j'ai demandé.

— Qu'est-ce qu'on en a à foutre ? Il est l'heure d'aller s'allonger au bord de la piscine pour bronzer un peu, histoire qu'Anthea ne croie pas que j'ai passé la nuit à me faire sucer par des putes blacks, ce qui n'est pas entièrement faux, sauf que j'ai trouvé le temps de gagner cinquante mille et des brouettes à la roulette. Et pour toi, ça a marché ?

— Une fille blanche du nom d'Arrielle, qui fait la pute pour payer la crèche de ses jumeaux. Et trente mille au craps.

— Pas mal, a-t-il tonné. Pas mal du tout. Maintenant, allons prendre un solide petit déjeuner, et puis le soleil. Et ensuite, en route pour l'aéroport. On ne s'approche plus d'une table. Le secret, c'est de savoir quand s'arrêter. Si on s'y remet maintenant, on se fera plumer, et on ne voudrait pas que ça se termine comme ça, n'est-ce pas ?

— Non, Fanelli, j'ai renchéri. Ce serait trop bête. »

On a retrouvé Trotmeier et Frank et on s'est installés pour le petit déjeuner, tout en se racontant notre nuit et en pariant mollement auprès des filles du Keno qui déambulaient. Évidemment, c'est Fanelli qui avait gagné le plus. J'arrivais deuxième, puis venait Frank, et enfin Trotmeier, tout piteux avec ses six mille dollars, parce qu'il lui manquait le paratonnerre qui attirait la foudre rugissante, c'était comme ça depuis toujours, et même au bureau il était celui d'entre nous qui cartonnait le moins – par rapport à la moyenne, il se faisait malgré tout un paquet de fric, pour un jeune homme de vingt-neuf ans. Mais c'était le genre frileux.

J'ai pensé à Arrielle, tranquillement endormie chez elle. Et à Diana Ross, dans une des suites royales des derniers étages. Je suis toujours sidéré que les gens puissent faire l'amour, même pour un soir, et reprendre ensuite le cours de leur vie, manger des œufs brouillés et raconter des blagues comme s'il ne s'était rien passé. Alors que c'est une expérience tellement enchanteresse. Un tel miracle. Je n'arrêtais pas de ressasser la vision de mon propre corps dans le miroir au plafond, et c'était une autre façon de faire l'amour. Et pourtant j'étais bien là, mes amis aussi, et la nuit précédente était déjà irrémédiablement derrière nous, disparue comme une mince volute de fumée dans la lumière de l'aube.

On a paressé au bord de la piscine, dans nos caleçons de surfeurs, nos Oakley sur le nez. On a somnolé et bu des cocktails, sans plus dire un mot. Puis midi a sonné, l'heure de faire nos valises et de rentrer.

J'ai fourré mes affaires dans un sac et jeté un dernier regard à la chambre 1812, pour bien enregistrer tous les détails.

En partant, Fanelli a misé cent dollars sur le trente-deux, et il a perdu. « Qu'est-ce que je vous disais ? Ça chauffe, puis ça refroidit. Allez, on se tire. »

Dans l'avion, on s'est affalés sur nos sièges en cuir de classe affaires. L'hôtesse nous a demandé ce qu'on voulait boire. « Je n'en sais rien, a répondu Fanelli. On a le corps en miettes mais l'esprit qui se trémousse. Qu'est-ce que vous avez, pour ça ? »

Elle nous a apporté un Rémy Martin à chacun.

À la dernière minute, une autre hôtesse est apparue dans la cabine. « Monsieur Fanelli ?

— Oui.

— Vous avez oublié ceci au guichet de la compagnie. » Elle lui a tendu sa vieille serviette usée.

« Merci », a répondu Fanelli avec un calme olympien. Puis il a ouvert la serviette. Les cinquante mille dollars en liquide y étaient toujours. « Merci beaucoup, a-t-il ajouté en attrapant un billet de cent qu'il lui a tendu. Vous voyez, les mecs ? J'adore cette ville. »

L'avion a décollé, cap à l'est. Cette journée, cette perfection durerait toujours. Rien ne viendrait ternir ce souvenir – l'humour et l'entrain de mes amis, la culbute désinvolte des dés, le tas de billets, le commencement de ma vie d'homme.

Mais je me trompais, bien sûr. Ça n'a pas duré toujours, ni même longtemps. Rien ne dure. Je n'ai jamais revu Vegas. Je n'ai jamais plus roulé en Eldorado blanche décapotable. Deux mois plus tard, j'étais viré. Trotmeier a pété un câble et fini directeur d'agence dans une banque quelconque. Par un beau matin de septembre, à deux mois de son quarantième anniversaire et de la retraite, Frank était assis dans son bureau du quatre-vingt-neuvième étage, à attendre tranquillement que les indemnités de départ tombent, quand le premier avion a percuté les tours.

Seul Fanelli a continué sur sa lancée : il a épousé Anthea, lui a fait une flopée d'enfants splendides, sans jamais cesser de miser sur le trente-deux, à Londres, à Cannes et à Monaco.

Mais en cet instant, réchauffé par l'argent et le Rémy Martin dans la cabine de classe affaires baignée de soleil, je me sentais invincible. Je raffolais du mouvement de mes membres dans mes vêtements. Je me sentais comme le Christ flottant dans le liquide amniotique tiède de la matrice de sa mère.

Oui, c'est ça. J'étais comme le petit Jésus qui attendait de naître le matin de Noël.

Défilé de robes de bal des années 1980

Vous connaissez la différence entre une souris et un rat ? C'est très simple. Si le rongeur est chez vous, même s'il est énorme et vorace, c'est une souris. En revanche, s'il se trouve chez *moi*, il aura beau être minuscule et tout timide, ce sera un rat. Maintenant, laissez-moi vous parler d'Alexis Tayloe. À une époque, elle s'est trouvée dans mon appartement.

Pour être plus précis, elle se tenait au milieu de la pièce, vêtue d'une robe de bal en satin bleu marine Oscar de la Renta, avec l'étiquette du prix – douze mille dollars – encore accrochée à l'une des manches perlées. Toutes les femmes vous le diront, le satin est la matière la plus cruelle qui soit, et Alexis Tayloe n'était pas à son meilleur dans cette création. Pourtant elle était bien là. Chez moi.

Et elle avait un cancer du sein.

Ces deux données n'avaient a priori aucun lien entre elles et, dans toute cette histoire, la seule chose indiscutablement véridique était le prix de la robe. Encore que. Mais revenons en arrière.

J'ai fait mes études supérieures dans une de ces écoles qui sont presque la crème de la crème, mais pas tout à fait. Le premier soir, j'ai constaté que les gars de ma résidence portaient les sweat-shirts des écoles où ils auraient *vraiment* voulu aller – Harvard, Cornell, Princeton. Ils avaient cravaché dur toute leur scolarité dans l'espoir d'y entrer, pour au final se faire claquer la porte au nez – premier échec irrévocable de leur jeune vie. Planait constamment dans l'air le souvenir du jour où ils avaient ouvert la fameuse lettre qui leur disait qu'à dix-huit ans, ils étaient déjà des ratés.

Durant ma dernière année de *fac*, comme j'ai vite appris à dire, j'ai remporté une bourse. Ma petite amie, qui était belle comme le jour et mesurait deux ou trois centimètres de plus que moi, en a remporté une elle aussi. C'est ainsi que nous avons embarqué sur le *France* – c'était l'une de ses dernières traversées – pour aller vivre de folles aventures en Angleterre. Nous avons vécu une année à Londres, elle à faire du théâtre et moi à me consacrer aux études artistiques – j'étais d'un zèle infatigable mais pratiquement sans aucun talent. Nous passions le plus clair de notre temps à nous chamailler et à nous faire couper les cheveux chez Sweeney's, à Beauchamp Place. Nous louions un studio, succédant à Heathcote Williams, le dramaturge dépressif multirécidiviste, et dormions dans un lit pour une personne d'où l'on voyait au plafond l'inscription « Gentil petit boudin », cadeau de l'artiste maudit. Au cours duquel de ses épisodes maniaques avait-il eu l'idée de grimper sur une chaise avec un marqueur pour laisser ce souvenir indélébile ?

Dans les périodes heureuses, nous étions si jeunes et si charmants que les gens s'arrêtaient dans la rue pour nous admirer. Dans les moments plus sombres, nous restions allongés dans notre petit lit à éviter tout contact, sous l'étrange message de Heathcote, illuminé par les réverbères de la rue.

C'est à cette époque que j'ai rencontré Alexis Tayloe. Elle était plus âgée que moi, de dix ans environ, mariée à un type du nom de Cyril, toujours à briguer un siège de député quelque part. Ils étaient très riches et possédaient une maison immaculée à Onslow Square, à South Kensington. Alexis travaillait à une thèse obscure et était tout le temps fourrée à la British Library. Le couple avait un bébé, dont s'occupait une nourrice à demeure. Alexis passait la journée à étudier, puis dînait dehors avec des amis et, au retour, elle se précipitait dans la chambre de la petite pour la prendre dans ses bras et lui chanter une berceuse, même si l'enfant dormait déjà à poings fermés. La petite Olympia déclara un eczéma dont rien ne venait à bout, et que les médecins finirent par attribuer à ces réveils traumatisants au beau milieu de la nuit par une inconnue qui la couvrait de baisers et chantait faux. Olympia ne savait pas qui était sa mère. On recommanda à cette dernière de laisser le bébé tranquille.

J'avais rencontré Alexis dans un restaurant, alors que ma petite amie répétait une pièce ésotérique de l'époque jacobéenne. Les répétitions se finissaient très tard et, à son retour, à son regard fuyant et à ses lèvres toutes gonflées, je devinais qu'elle avait embrassé quelqu'un d'autre. Ajoutons qu'au moment de se coucher, elle se tournait immédiatement vers le mur, au point que son nez le touchait presque. Il y a des choses qu'on n'a pas besoin de voir dans les films. On les sent, c'est tout.

Un soir après le dîner, alors que ma copine se faisait sans doute regonfler les lèvres par un bohémien théâtreux, Alexis et moi avons pris un taxi et nous avons tourné autour de Hyde Park pendant quatre heures. Faire l'amour dans ces conditions se révéla électrisant, c'était un frisson érotique tellement singulier et tellement puissant que je me rappelle encore chacun de nos baisers. S'envoyer en l'air dans un taxi londonien, c'est comme faire l'amour dans un caisson d'isolation sensorielle, à la différence que le caisson bouge et que le compteur tourne. C'est toujours Alexis qui payait. Parfois, elle déboursait seulement dix livres, si elle se sentait coupable vis-à-vis du bébé, parfois la course montait à soixante. Nous avons vite pris l'habitude de renouveler l'expérience deux à trois fois par semaine, après quoi je rentrais me coucher à côté d'une bûche affublée de lèvres boursouflées.

Ma copine et moi, on n'en parlait jamais. On a juste commencé à se chamailler plus souvent et, après chaque dispute, on allait se faire couper les cheveux chez Sweeney's, à Knightsbridge, jusqu'au jour où l'on ne fut plus seulement beaux, mais sans doute les deux personnes les mieux coiffées de Londres.

Je me suis retrouvé à court d'argent, ma petite amie a emménagé avec le metteur en scène de la pièce jacobéenne. Mon père refusa de m'envoyer le moindre centime, mais m'écrivit d'abandonner mes prétentions artistiques et de rentrer à la maison entreprendre des études sérieuses, par exemple une école de commerce. Je pourrais toujours peindre pour mon plaisir, ajoutait-il, ou faire du théâtre amateur.

Quand j'y repense, c'est chez Sweeney's que j'ai vécu mon humiliation la plus cuisante – le genre d'incident dont on sait, même sur le coup, qu'il changera à tout jamais l'image qu'on a de soi-même. Après ma première coupe, j'avais laissé au coiffeur un énorme pourboire pour le persuader que j'étais un personnage important et mystérieux méritant ses égards, quand il m'a tendu une brosse comme je n'en avais jamais vu. Je l'ai consciencieusement passée sur ma chevelure parfaitement coiffée, jusqu'au moment où il s'est penché vers moi pour m'informer qu'il s'agissait « d'une brosse à habits, monsieur », sur ce ton infiniment condescendant dont les Anglais ont le secret. À cet instant, j'ai juré de ne plus me laisser aller au moindre faux pas en public – plutôt mourir que de passer pour le péquenaud crotté qu'au fond j'étais. Aujourd'hui encore, la honte de ce souvenir me met le feu aux joues.

J'étais tellement à sec qu'Alexis m'a fait un chèque de mille dollars pour que je puisse rembourser une dette contractée un soir auprès du mauvais créancier, pas le genre à se prénommer Nigel, qu'on rencontre à la Bank of England, qui boit son thé de Chine dans de la porcelaine et s'exprime avec un accent pointu hérité de ses années à Eton. Plutôt le genre à s'appeler Matty, à traîner dans les ruelles sombres avec ses feuilles de paris et ses biscoteaux gonflés, et qui n'a pas l'œil dans sa poche. Alexis a tiré cet argent de son compte secret, alimenté chaque mois par un cabinet comptable de Shaker Heights, à Cleveland. Je ne lui ai jamais remboursé ses mille dollars. Ça m'est sorti de l'esprit.

La première année, à la Firme, on n'était pratiquement pas payé, sous prétexte que de toute manière on n'avait pas le temps de dépenser le moindre dollar. La journée commençait à 6 heures du matin. À 18 heures, on vous apportait à dîner. Passé 22 heures, une armada de limousines noires attendait de vous raccompagner dans vos sordides placards à balais.

Mon sordide placard à balais à moi était au dernier étage sans ascenseur, avec des lucarnes en guise de fenêtres. Le rez-de-chaussée était occupé par un restaurant espagnol, le premier par un bordel chinois, pour le reste il s'agissait d'appartements identiques, infestés de rats, cernés de rues où ça braillait toute la nuit, entre les putes et les accros au crack. Mon Dieu, New York était tellement sale, à l'époque. C'était génial. Il y avait de la drogue partout pour dépenser ses petites économies – celles que précisément je n'avais pas –, et des boîtes de nuit qui surgissaient subitement restaient ouvertes trois nuits et s'évaporaient, pour réapparaître une semaine plus tard deux numéros plus bas dans la rue.

Dans ces clubs, les hommes dansaient ensemble torse nu et les toilettes étaient mixtes – des grottes sombres, des antres du péché où l'on pouvait acheter de la cocaïne pure tout en baisant des filles ou des gars portoricains, pour lesquels je me découvris un penchant jusque-là refoulé. Le choix dépendait de votre humeur, ou de qui vous avait mis la main aux fesses le premier. L'idée de considérer des hommes comme des objets sexuels m'excitait et me terrifiait à la fois. Je me répétais que c'était seulement pour m'amuser, pour faire des expériences. Que ça ne faisait pas de moi un homosexuel pour autant.

Brusquement tout était permis. Tout était possible. Le New York de ce temps-là était un chaudron de désir vibrant, on vivait dans la liberté et les ordures – il y en avait partout, tout le temps. Aujourd'hui ce paysage-là a été complètement effacé, à la place a surgi une enfilade de boutiques de luxe. Je n'ai jamais compris qu'on puisse avoir envie d'une glace quand on pouvait avoir une pipe dans une ruelle sombre – où pas plus tard que l'avant-veille, le même toxico vous avait mis un couteau sous la gorge pour vous arracher la croix en or que vous portiez autour du cou, vous laissant des marques au passage, et braillant par-dessus son épaule en galopant vers sa prochaine

dose de crack : « Hé ! C'est vraiment de l'or ? »
Qu'est-ce que vous voulez répondre, dans une situation pareille ?

Quoi qu'il en soit, mon appartement était connu de mes amis sous le nom de l'Illustre Taudis, et comme on faisait tous nos premiers essais culinaires avec les bouquins de Julia Child, je préparais à mes invités du filet de bœuf Prince Albert tandis que les rats filaient furtivement sous la cuisinière. Dans cet appartement, j'ai fait une pièce montée à 3 heures du matin, shooté à la coke et au gin, en suivant une recette qui commençait par : « Confectionnez trois cent six choux à la crème. »

Et voilà que cinq ans plus tard s'y trouvait Alexis Tayloe, dans une robe de bal en satin qui ne pardonnait pas, et avec une tumeur au sein. Disait-elle.

Il faut que vous sachiez que personne ne passait jamais la nuit à l'Illustre Taudis. Jamais. Un ami m'avait offert des serviettes de toilette sur lesquelles il avait fait broder : « Sois parti(e) avant mon réveil », et brusquement les soutiens-gorge d'Alexis Tayloe séchaient sur l'étendoir de ma douche. J'avais oublié de lui rembourser ses putain de mille dollars de Shaker Heights, alors vous croyez que j'avais eu le choix, quand elle m'avait écrit de Londres pour me dire qu'elle voulait loger chez moi ? Mon cul, oui.

Elle avait fait son apparition entre deux valises gigantesques, m'avait annoncé illico qu'elle ne m'aimait plus depuis longtemps (j'ignorais que c'eût été le cas un jour), avant d'ajouter qu'elle avait un cancer du sein et venait à New York – *ma* ville, dans toute sa crasse et sa beauté, celle où je m'abrutissais de sexe et de drogue, où je travaillais comme un chien et jouais comme un tigre – pour un traitement de radiothérapie à l'hôpital Mount Sinai. Ainsi débuta notre brève vie commune.

Je me levais à 5 heures tous les matins pour être au bureau à 6, passais la journée à hurler et à beugler jusqu'à l'extinction de voix, à feinter et à parer avec mes congénères conspirateurs, après quoi nous sortions avaler des ailes de poulet dans un bar quelconque et nous saouler à la vodka – c'était avant que le fric, le loft immense et la grande vie apparaissent brusquement dans mon existence comme la première rose miraculeuse du printemps, avant le craquement de l'allumette. Et je rentrais au milieu de la nuit, parfois en vomissant dans le taxi, après avoir répandu ma coke sur le carrelage des toilettes obscures et mixtes d'un rade du centre.

Désormais, en rentrant, je trouvais Alexis Tayloe encore debout et attendant de se faire sauter, déguisée en douairière européenne dans une robe de bal extravagante que je lui retirais laborieusement et abandonnais par terre comme une flaque parsemée de joyaux. Nous faisions l'amour sans entrain, sans émotion, presque sans sexe, ce qui est compliqué pour un homme, particulièrement s'il est sous cocaïne depuis sept heures. Je relevais le défi de faire passivement l'amour à cette mourante aux gros seins charnus qui semait par terre ses tenues de bal piétinées par les rats noctambules.

Quand on est au-dessus d'une femme qui a un cancer du sein, il est très difficile de se retenir de la palper pour sentir des grosseurs. Je n'avais rien trouvé, mais il faut dire que je ne savais pas vraiment ce que je cherchais. Une fois les formalités sexuelles accomplies, nous dormions un peu et au réveil, à 5 heures, je la trouvais dans mon peignoir, avec son vaste corps qui débordait du tissu éponge – de mon putain de peignoir *à moi* – et ses grands pieds plats nus sur mon parquet répugnant. Nous sortions, moi bosser à la Firme, elle retrouver son radiothérapeute à Mount Sinai et son acheteuse personnelle, une certaine Selma LePage de chez Saks, sur la 5ᵉ Avenue. L'approche de la mort confère à la fois une énergie considérable et un sentiment d'impunité totale, si bien qu'on se moque totalement de s'endetter, comme le découvriraient bientôt les victimes du fléau moderne. Mais c'était avant la peste, à l'époque où tout le monde avait des relations non protégées avec la première créature vivante qui lui tombait sous la main quand sa queue se mettait au garde-à-vous.

Avec Alexis, toutes les journées se terminaient de la même manière. Je me traînais dans l'escalier de mon immeuble en ruine, je savourais un instant les effluves du restaurant espagnol, je passais devant le bordel chinois dont je croisais les clients au regard fuyant, pour atteindre enfin l'Illustre Taudis, où je trouvais Alexis qui m'attendait dans une énième parure de bal sophistiquée. Je lui avais demandé pourquoi elle en achetait tant.

« Oh, Cyril me traîne toujours dans des sorties officielles. Des galas de bienfaisance. Pour les enfants d'Éthiopie, les mères célibataires… Il faut bien que je joue mon rôle d'épouse d'homme politique. »

Je n'osais imaginer l'ennui mortel d'une sortie officielle avec Cyril, que je n'avais rencontré qu'une fois, mais qui m'était apparu comme la version humaine d'un site d'enfouissement de déchets.

L'aventure a duré onze jours. Onze séances de rayons, dont je commençais à soupçonner qu'elles étaient purement imaginaires, onze robes de bal – il y en avait pour au moins cent mille dollars –, et la prétendue grosseur dans son sein qui avait peut-être diminué, si elle avait jamais existé.

J'avais fait l'amour à Alexis Tayloe onze fois, comme un bon garçon, en hôte irréprochable. Tandis que je m'échinais, elle restait allongée sans bouger, s'ennuyant copieusement, tellement peu impliquée qu'elle avait du mal à écarter les cuisses. Une femme peut se contenter de faire la planche en pensant à la mère patrie. Pour un homme, il est plus ardu de faire l'amour sans désir. On exige tout de même de lui une érection. Mais j'avoue qu'à ma grande honte, je trouvais l'hypothèse de la mort imminente d'Alexis Tayloe intensément érotique, si bien que je lui faisais l'amour comme un nécrophile rêve de cadavres.

Le dernier matin, rasé de près, après une douche appliquée pour laver ma peau de son odeur, je lui avais dit au revoir maladroitement, en réussissant à ne pas l'embrasser sur la bouche.

Elle m'avait alors lancé : « Tu ne m'as jamais remboursé les mille dollars que tu me devais. J'imagine qu'une chambre d'hôtel m'aurait coûté au moins cent dollars par nuit, donc je considère que tu t'es acquitté de ta dette, puisque je suis restée onze nuits. »

En ce temps-là, il en fallait beaucoup pour me choquer ou pour heurter mes sentiments, vu que je n'en avais pas d'authentiques, mais cette fois j'avais rétorqué, atterré : « Eh bien, si ce que tu cherchais était un prostitué, je crois que tu t'es méprise sur le tarif en vigueur : ou bien c'est gratuit, ou bien c'est beaucoup plus cher que quatre-vingt-dix dollars par nuit. Au revoir. »

Avec un soupir de soulagement, j'avais refermé la porte derrière moi et, à mon retour, Alexis avait disparu sans laisser de trace, hormis les étiquettes des robes qui jonchaient le sol – sans doute espérait-elle berner la douane anglaise en faisant croire qu'elle ne voyageait jamais sans ses onze robes de bal neuves.

Fin de l'histoire. Alexis Tayloe était partie, et je ne devais jamais savoir si son cancer était réel ou pas – ni, dans le cas où il le serait, si elle avait survécu –, si Cyril avait fini par entrer au Parlement, et si Olympia avait continué à avoir de l'eczéma chaque fois que sa mère la prenait dans ses bras.

Cependant, le Noël suivant, une carte de vœux est arrivée, estampillée « Cyril et Alexis Tayloe », avec un vague message humaniste et passe-partout – ce devait être celle qu'ils envoyaient aux sympathisants de Cyril, des gens qu'ils ne connaissaient pas vraiment. Le timbre était à l'effigie de la reine d'Angleterre.

En bas de la carte, il était écrit : « Si tu savais combien j'aimerais te faire souffrir. Tu n'imagines pas à quel point je voudrais te blesser dans ton orgueil. »

Difficile d'évoquer les années 1980 sans employer les expressions « putain » et « va te faire foutre » à tout bout de champ. Surtout si on considère que je passais l'essentiel de mon temps soit en état de fureur, soit à la recherche de femmes avec lesquelles coucher – et parfois les deux simultanément. Aujourd'hui, ce sont des tournures que je n'emploie pratiquement plus.

En contemplant la carte de vœux d'Alexis Tayloe – même pas gravée, non, juste imprimée –, j'ai pensé : *Putain, ça donne vraiment envie de t'héberger ! Va te faire foutre, Alexis, avec ton putain de cancer et tes putain de robes. Va te faire FOUTRE !*

Et depuis je n'ai plus songé à elle, sauf parfois à Noël, quand je reçois des cartes de vœux – même si elles ne sont jamais d'Alexis Tayloe.

Heureusement, de nos jours, c'est une coutume qui se perd.

Petit manuel de la grandeur...
et de la décadence

On jouait souvent à un jeu appelé « poker misère ». L'arbitre et juge en était Chemise, le plus grand barman du monde, surnommé ainsi pour avoir donné sa propre chemise à un client de vingt-quatre ans qui avait malencontreusement gerbé sur sa splendide Turnbull & Asser. Il officiait au bar de Callaway's, le rade le plus proche de la Firme, et nous accueillait toujours avec le sourire et un verre de gin. Il avait tellement écouté nos histoires atroces sur la Bourse, nos terreurs des premières années, qu'il aurait pu être l'un des nôtres.

Les règles du poker misère étaient simples. Si votre charge de travail excédait celle de vos collègues, pour vous c'était *open bar* jusqu'à l'aube. « J'ai enchaîné vingt-quatre nuits blanches d'affilée », « Je suis sur trois contrats à la fois, et je n'ai pas vu la lumière du jour depuis Pâques ». Il était implicite que tout le monde mentait, assombrissait le tableau pour s'attirer la sympathie générale et boire des verres à l'œil. On avait largement les moyens de payer, mais picoler sans rien débourser, ça nous faisait l'effet d'une caresse maternelle sur le front quand on est fiévreux. On adorait notre calvaire, même si la route vers la richesse suprême était balisée de mines tueuses. On s'était fait faire des T-shirts avec le logo de la Firme au recto et, au verso, en grosses lettres, le slogan : « Chez nous on mange ses petits ». C'était le Superbowl des boulots galères, voilà pourquoi on supportait toute la partie merdique : parce que les récompenses étaient démesurées et tangibles, à condition de survivre. Notre but ultime était d'inspirer de la peur, aussi bien à nos collègues qu'à nos clients. Et ça nous réussissait.

Enfin, pas à tous. En 1984, deux gars moururent dans le même mois, indiquant clairement aux autres l'emplacement de deux des mines tueuses. Ces morts étaient tragiques, bien sûr, mais aussi très agaçantes, car elles jetèrent une ombre sur le tableau idyllique de la réussite – un temps de silence, et un odieux pincement de satisfaction face au malheur d'autrui. Parce que, bon sang, quand quelqu'un *meurt*, décemment il faut tout de même s'arrêter deux minutes de spéculer sur l'épuisement des réserves pétrolières de Dubaï – d'autant plus que, d'ici à ce que ça arrive, c'est toute l'économie mondiale qui aura changé, et on aura sans aucun doute disparu du circuit.

Conti a été le premier. Personne ne connaissait son prénom, ou disons qu'on l'avait oublié. À en croire la rubrique nécrologique du *Wall Street Journal*, c'était Peter. À vingt-deux ans, c'était déjà un vrai requin parmi nos stagiaires. Il s'était installé un lit de camp dans la chaufferie de l'immeuble pour ne pas avoir à perdre de temps dans les transports. Quand je vous dis qu'on était tous des génies. On trimait comme des ânes. La seule façon de se distinguer du lot, la première année, c'était de bosser plus dur que les autres – dans le cas de Conti, de se tuer littéralement au travail.

Donc, un après-midi, après avoir enchaîné six nuits blanches, le cœur de Conti a lâché alors qu'il était

126

debout à son bureau, au téléphone – on était tous en ligne en permanence. Le cœur a disjoncté et le gamin est tombé raide mort. On a appelé les secours, le décès a été prononcé sur les lieux, et son corps a quitté l'étage sur une civière quasiment dans l'indifférence générale.

Le lendemain, il y a tout de même eu une minute de silence. Le Grand Boss s'est déplacé en personne pour dire quelques mots sur cette jeune recrue qui possédait les qualités recherchées et exigées par la Firme : l'énergie, l'enthousiasme, et une intelligence supérieure. Le Grand Boss n'aurait pas reconnu Conti s'il l'avait renversé avec sa Bentley, mais bon, un mort c'est un mort, et nous avons attendu une minute entière en silence – enfin, pas vraiment, parce que les téléphones ne se sont pas arrêtés de sonner une seconde, et les doigts nous démangeaient de répondre. Ainsi trépassa Peter Conti.

Après sa mort, le gagnant du poker misère fut rebaptisé « Conti » pour la soirée, et j'imagine que c'est toujours le cas, même s'il est probable que plus personne ne sache pourquoi – les dés ont roulé, depuis lors.

Le second décès fut encore plus brutal : celui de Harrison Wheaton Seacroft, quatrième du nom, que nous surnommions Grand Huit à cause de sa technique d'attaque sidérante et hyperagressive. Un vrai pitbull. C'était un grand gars, joueur de rugby, et il avait la plus grosse voix du *front office*. Quand Grand Huit concluait un marché, tout l'étage était instantanément mis au courant par son cri de victoire qui faisait trembler les murs.

On était plus ou moins amis. L'été précédent, j'avais passé un week-end dans son énorme baraque de Southampton – pas le genre de maison qui s'achète, le genre qui « est dans la famille ». J'avais rencontré ses parents, des gens adorables qui faisaient tout avec cette simplicité élégante qui va de pair avec l'argent très ancien et très honorable. Son père était de ces rares privilégiés à détenir un fauteuil à la Bourse de New York.

Dans leur propriété de Southampton, il y avait des pelouses impeccablement tondues, ainsi qu'une piscine discrète qu'on ne voyait pas de la maison – ne soyons pas vulgaires, je vous prie. Des valets défaisaient votre valise. On avait déjeuné sous une grande tente dans le parc, où le service était assuré par des domestiques qui étaient chez les Seacroft depuis plus longtemps que moi sur cette terre, sans doute depuis l'aube de l'humanité. On dînait à 20 h 30, habillés de lin pastel, un pull en cachemire fin jeté sur les épaules pour parer à la fraîcheur vespérale venue de l'océan, cette brise qui avait fait papilloter et danser la flamme des bougies sous ce même belvédère pour trois générations de Seacroft. On sentait la présence des fantômes joviaux de tous les Harrison, présidant la tablée, pieds nus et vêtus de lin beige. C'était le tableau d'une vie où l'on garde bien plus qu'on ne perd.

Harrison considérait que les cartes de crédit – nous étions de la génération qui les avait vues naître – étaient l'œuvre du Malin, le fléau des classes moyennes. Il ne croyait pas aux dettes. Selon lui, quand on ne pouvait pas s'offrir quelque chose, on ne l'achetait pas, point final – même si cette position de principe ne lui coûtait pas trop : il était tellement riche que la question ne se posait pour ainsi dire jamais. Sa famille possédait le plus grand Manet encore détenu par un collectionneur privé. Il était accroché dans la bibliothèque de leur résidence d'été. Un jour, Harri-

128

son hériterait de tout ça et il gagnerait rapidement sa place à la table des actionnaires familiaux.

Il était depuis deux ans dans la partie et, à vingt-huit ans, plus riche que la plupart des gens rêveront jamais de l'être. En général, on ne compte pas aussi loin. Il avait pour projet de prendre sa retraite à trente-deux ans. Et il s'est suicidé. Il a reçu un coup de téléphone personnel – quasiment une première – et il a quitté son poste de travail sur le *trading floor* pour s'isoler dans son bureau privé, avec sa moquette blanche et son Richard Prince au mur. Tout allait pour le mieux dans sa vie ; brusquement il a reçu cet appel qui n'a pas duré plus de trente secondes, et en raccrochant il a écrit un mot de quelques lignes, adressé à ses parents.

Il est revenu sur le *floor*, il s'est approché de moi pour me serrer la main d'une drôle de manière, puis il m'a tendu le mot en me demandant de le transmettre à ses parents, en main propre, pas par courrier. Dans le coin inférieur gauche de l'enveloppe, il avait écrit : « Aux bons soins de » et mon nom. J'ai pris la lettre sans comprendre, et j'ai regardé Seacroft retourner dans son bureau. Personne n'a levé la tête, mais moi j'ai tout vu.

Il a retiré ses chaussures John Lobb et les a soigneusement rangées sous son bureau, ensuite il a décroché l'extincteur du mur et a explosé la baie vitrée avec, tuant deux personnes dans la rue en bas. Et il a sauté. Il est tombé sur dix-sept étages en braillant comme s'il venait de conclure le plus gros coup de sa vie, et c'était sans doute le cas, avant d'atterrir sur le toit d'une des voitures noires garées devant l'immeuble. Certains des autres types n'ont remarqué son absence que quand les flics ont débarqué, quelques minutes plus tard. Quelqu'un a ramassé le combiné toujours posé sur le bureau, tandis qu'au bout du fil beuglait un client zurichois, comme si rien n'était venu interrompre ses affaires, et on a délicatement raccroché. Fin du marché. Adieu Grand Huit Seacroft IV.

Évidemment, une chose pareille n'était pas censée arriver. Notre vie n'était qu'un grand élan que rien ne devait contrarier. L'échec et la faiblesse n'étaient pas admis. C'est une chose d'avoir le cœur qui lâche à vingt-deux ans, c'en est une autre de sauter par la fenêtre de son bureau quand on a treize millions de dollars en banque.

« Quels tocards, on a dit à voix basse. Pauvres tocards. » Bien sûr, on a tous mis un costume sombre et on est allés aux obsèques en se composant un air grave – la cérémonie et la veillée avaient été organisées le soir, car personne n'aurait été assez stupide pour imaginer qu'aucun de nous quitterait le bureau avant 19 heures –, mais au fond on savait qu'ils étaient tous les deux des tocards.

Après l'enterrement, il y a eu une petite réception au Colony Club, à laquelle les proches du défunt n'avaient pas su qui inviter car personne ne connaissait les amis de Grand Huit, pas même ses parents, qui prétendaient que j'étais le seul qu'ils aient jamais rencontré – mon sésame avait été mon ancrage familial de longue date dans le Sud. À un moment, sa mère est venue me trouver. J'avais remarqué que le père de Grand Huit n'était pas présent à la cérémonie.

Mrs. Seacroft m'a pris par le coude. « Venez vous asseoir près de moi une minute. » Nous nous sommes isolés dans un coin tranquille, perchés sur le rebord de deux chaises dorées ridiculement fragiles, elle dans un tailleur noir et austère parfait, un simple rang de perles autour du cou, le visage livide, terrassée de chagrin. Parmi ses cinq enfants, c'était son seul fils.

« Son père a refusé de venir. Il était scandalisé, il dit qu'il a rayé le nom de Harrison IV de sa mémoire pour toujours. Qu'il n'y a pas de pardon possible. Pour une mère, c'est autre chose. » Elle a marqué un temps d'arrêt. Elle ne savait pas comment s'y prendre. « Il avait cette maladie. Ce cancer. C'était un homosexuel. Je n'arrive même pas à le dire. C'est insupportable à imaginer. Il avait tout. Les filles l'adoraient. Je l'aimais de tout mon cœur, il était mon aîné, mon unique garçon. Comment a-t-il pu faire une chose pareille ? À moi, à nous ? Pourquoi ne nous avez-vous rien dit ?

— Je l'ignorais totalement. Je vous le jure.

— Qu'il ait osé introduire cela chez nous, voilà ce que son père ne peut lui pardonner. Il lui est intolérable d'avoir un fils qui soit… ainsi.

— C'était un homme bien. Charmant.

— C'était un menteur. Il a décidé de nous détruire, non pas en sautant par la fenêtre, mais en choisissant ce mode de vie, en nous mentant sur qui il était vraiment, parce qu'il savait que jamais nous ne l'accepterions. S'il n'avait pas sauté, il se serait retrouvé sans famille, il serait mort sans personne pour lui tenir la main ou lui apporter le moindre réconfort.

— Ce n'était pas sa faute. »

Elle s'est brusquement tournée vers moi d'un air véhément et m'a fusillé de son regard glacial. « Bien sûr que si. Vous n'insinuez tout de même pas que nous ayons fait quoi que ce soit pour… pour le rendre ainsi ?

— C'est Dieu qui l'a fait ainsi.

— Et Dieu l'a puni. Son père ne permettra pas qu'il soit enterré dans le caveau familial, où nous reposons depuis quatre générations. On ne doit plus jamais prononcer son nom. Nous avons fait disparaître toutes les photos de lui. Nous avons brûlé les vêtements de sa penderie. Nous aurions pu l'attraper rien qu'en les touchant. J'ai eu deux enfants mort-nés. J'aurais préféré qu'il soit l'un d'entre eux. Je me suis remise de ces deux décès, je suis allée de l'avant, parce que je n'avais pas le choix. Mais ça, jamais je ne m'en relèverai. Je suis aussi infectée que lui. » Dans la fureur, sa voix est montée très haut dans les aigus, une sorte de glapissement méconnaissable. « Il a mangé dans notre porcelaine. Il a dormi dans nos draps. Je brûlerai tout. » Et elle a fondu en larmes et s'est mise à hoqueter. Quand j'ai posé la main sur son épaule, elle s'est dégagée violemment. Après s'être ressaisie, elle a conclu d'une voix calme : « Je suis désolée. Je n'aurais rien dû vous dire. J'aurais dû emporter mon secret dans la tombe. Mais il n'y avait personne d'autre. C'était mon garçon. Mon seul fils. Et c'était un menteur, un déviant, un déshonneur. Jamais plus je ne serai heureuse. Vous voulez bien me laisser, à présent ? Je dois aller serrer des mains. Sauver les apparences. La mère éplorée, affrontant courageusement la mort de son fils bien-aimé. Tout n'est que mensonge, mais doit être fait. Au revoir. Passez nous voir quand vous voudrez. » Elle n'en pensait évidemment pas un mot.

Je suis rentré chez moi à pied. Grand Huit, pédé. Il avait sauté parce qu'il venait de recevoir son arrêt de mort et qu'il ne pouvait se permettre de laisser savoir qu'il était tombé malade. Et j'ai repensé à toutes ces nuits en boîte, aux toilettes sombres où hommes et femmes se mêlaient, shootés à mort, attrapant la chair qui passait, baisant le moindre orifice qui s'offrait. J'en ai violemment rougi de honte. Et si je devais recevoir bientôt le même coup de fil ? J'avais beau me répéter que je n'étais pas homosexuel, il me fallait bien avouer que tout ce qu'il avait fait, je l'avais fait moi aussi.

Dieu me pardonne, dans ces toilettes, au balcon du Studio 54, j'avais tringlé des hommes et j'avais aimé ça. J'étais contaminé, et brusquement les rues grouillaient de gens qui l'étaient eux aussi. Nous étions tous mourants. Nous errions dans la nuit, dans des clubs et des allées obscurs, shootés à la coke, au crystal meth, aux ludes ou à l'héro. Mais par-dessus tout à la chair. Et c'est ce qui nous serait fatal. La beauté du contact, la douceur d'une peau contre la nôtre, voilà ce qui allait tous nous tuer.

On ne pouvait plus ni s'arrêter ni revenir en arrière.

Harrison IV. HIV. Martyr de l'amour. Embarqué dans la spirale infernale pour finir éclaté sur le toit d'une voiture qui aurait dû le ramener chez lui le soir, vers une autre nuit clandestine. Harrison qui ne pouvait et ne voulait mentir sur ce qui pulsait entre ses jambes et ce qui vibrait dans son cœur. Mort par amour, la plus délicate des émotions.

Je me suis arrêté une minute au croisement de la 24e et de la 7e, qui fourmillait de beaux jeunes gens à l'air rêveur, en veste de cuir ou en débardeur. Je suis resté planté un moment au milieu de tous ces apollons. Peut-être étais-je passé entre les gouttes, même si j'avais du mal à le croire. Je ne méritais pas de m'en sortir. Je me réveillerais le lendemain matin avec des pulsions inchangées. Et même si la fête était finie, même si le jeu était devenu mortel, jamais ça ne s'arrêterait, je savais que je continuerais à jouer jusqu'à ce que ça me tue.

Le lendemain, au réveil, j'ai ri de ma propre bêtise. Brusquement je me suis senti invincible, malgré le litre de vodka que j'avais ingurgité en rentrant la veille. L'alcool m'avait lavé. Rien ne pourrait me tuer, en tout cas pas quelques égarements dans le noir, dans l'Antre du Péché de Steve Rubell. Après tout, à vingt-huit ans, quoi de plus naturel que de s'amuser un peu ? Je m'étais laissé submerger par les bons sentiments : à la lumière du jour, tout ça me paraissait ridicule. Seacroft avait manqué de chance, voilà tout. Les cadavres n'allaient pas s'entasser dans les rues. On vivait une époque où la mauvaise conduite n'était pas seulement autorisée, mais encouragée et récompensée.

Jusqu'à un certain point, du moins. Rugir comme un taureau en rut était bien vu. Mais à la Firme, il y avait des choses qui ne se faisaient pas, et que nous avions apprises dès nos premières années.

Ne t'habille jamais mieux que ton patron.

Ne bois jamais plus que ton patron.

N'insulte jamais un client, même totalement crétin ou grossier. Après tout, ce sont eux qui possèdent les vingt millions de dollars requis pour ouvrir un compte à la Firme, et la seule chose qu'on se doive de respecter par-dessus tout, c'est l'argent.

Arrive au bureau tiré à quatre épingles. Mais si à 9 heures tu n'es pas totalement chiffonné, c'est que tu ne bosses pas assez dur. Cravate dénouée, manches remontées, chemise sortie du pantalon, un vrai naufrage sur le plan de l'élégance. Mais que la victoire se lise sur ton visage cramoisi.

Un placard à balais à une bonne adresse vaut mieux qu'un superbe appartement mal situé.

Ne porte jamais de cravate Hermès. Laisse ça aux avocats et aux golfeurs.

Ne perds jamais la face en public. Si l'échec te rattrape, si un marché se passe mal, retire-toi comme si tu n'avais rien à voir avec tout ça.

Ne meurs pas avant quarante ans. Et surtout, surtout, ne te suicide pas. Même si, comme Grand Huit, avant de passer de courtier prometteur à bouillie sanguinolente sur un toit de bagnole, avec ta cravate en soie voletant à la verticale dans le souffle puissant, tu as le bon sens de ranger tes pompes à mille dollars proprement sous ton bureau. Après sa mort, personne n'a voulu les toucher. On a laissé le service de sécurité emballer ses effets personnels, les photos de ses parents, de ses sœurs, d'un homme qu'aucun de nous ne connaissait, mais les vigiles eux-mêmes n'ont pas voulu toucher ses chaussures. La paire est restée là pendant des jours, puis elle a mystérieusement disparu. Ces chaussures ont duré plus longtemps que le souvenir de Seacroft lui-même.

Si l'un de tes collègues se fait virer, ne lui adresse plus jamais la parole. Si tu le croises dans la rue, si tu te retrouves assis à côté de lui à un match de base-ball, fais comme si tu ne l'avais pas vu. L'échec est contagieux. Toutes les amitiés nouées au bureau sont purement circonstancielles, contextuelles, et s'évanouissent aussitôt que l'un de vous se fait éjecter, que ses lignes téléphoniques sont coupées et qu'il franchit la porte avec son pitoyable petit carton sous l'œil implacable d'un agent de sécurité. Si tu continues à le fréquenter, tu seras toi-même souillé par sa déchéance, par ce relent de la ruine qui jamais plus ne te quittera.

Ne mets jamais de chaussures bas de gamme. Et quand tu t'achèteras une paire neuve, cire-la vingt fois avant de la porter dans la rue. Il ne faut pas que tes souliers aient l'air neufs, mais qu'on ait l'impression que tu les as hérités d'un vieil oncle friqué.

Ne te fais pas couper les cheveux n'importe où.

Fais en sorte de ne pas avoir le cœur qui lâche à ton bureau. C'est la preuve d'un excès de zèle.

Jamais jamais jamais. Toujours toujours toujours.

Rien n'arrêtera la culture de la réussite, et tu ferais mieux d'en suivre les préceptes à la lettre ou bien de t'écarter de son chemin, si tu ne veux pas te faire aplatir.

C'est ce qui m'est arrivé. Mais je dois dire pour ma défense que je suis sorti de scène comme un homme. Je me suis aplati tout seul.

Trotmeier prend la tangente

Louie Patterson Trotmeier, quatrième du nom, était entré à la Firme en même temps que moi. Lui aussi avait gagné la partie de poker contre le grand patron. Les règles n'étaient pas toujours les mêmes – le vieux les changeait sans cesse pour qu'on ne puisse pas se refiler le tuyau. Dans le cas de Louie, il s'agissait d'un seul coup de poker fermé.

Louie avait reçu deux valets et deux quatre. Impossible de dire ce qu'avait le vieux, il était resté de marbre et avait annoncé deux cartes. Louie en avait déduit que son adversaire n'avait pas de main servie, mais vraisemblablement plus qu'une simple paire et un kicker, sinon il aurait aussi jeté ce dernier. Aussi Louie avait-il pris le risque de sacrifier sa paire de quatre et son kicker, et annoncé trois cartes. Dans l'opération, il avait gagné un valet.

Il avait étalé son jeu sur la table. Le Grand Boss avait replié ses cartes avant de les balancer devant lui.

Louie l'avait regardé droit dans les yeux. « Monsieur, la probabilité d'obtenir une main pleine au deuxième tour après avoir reçu deux paires, quelles qu'elles soient, est de 7,7 contre 1. Mais avec un brelan servi d'entrée, les chances de décrocher une main pleine sont de 10,7 contre 1. J'imagine que les chiffres jouaient en ma faveur. Sauf votre respect.

— J'en déduis que vous êtes un matheux.

— J'étudie les stats, et ensuite j'écoute mes tripes. Les chiffres ne peuvent prédire ce qui va se passer. Ils ouvrent seulement une fenêtre de tir. Je suis un matheux avec des couilles. Je joue à l'intuition. Et puis, franchement, qu'est-ce que j'avais à perdre ? Il y a d'autres postes ailleurs. »

Il avait commencé le lendemain. Sa technique ? Une fois bien renseigné, y aller à l'instinct, et ça l'avait mené très haut, très vite.

En prime, il ressemblait à un dieu grec : long nez aquilin, corps parfait ciselé par des années d'efforts au Sports Training Institute, et virilité incontestable. Louie était le seul homme de ma connaissance à se teindre les cheveux et ses traits fins, bien qu'indéniablement masculins, étaient couronnés de boucles mordorées. Jamais je n'ai vu d'homme plus beau que lui, même assis dans un salon de coiffure, la tête recouverte de papillotes en papier aluminium.

C'était donc un excellent trader, impeccable sur tous les plans, et il enchaînait les conquêtes. La Bourse l'ennuyait, le sexe non, et il était encore meilleur au lit qu'au *front office* – or, comme je le disais, c'était un trader de haut niveau.

Autre qualité, héritée de générations de Trotmeier bossant à Wall Street et dont personne autour de nous n'avait la moindre notion, Louie savait économiser. Le jour où il avait décroché ce boulot, il était allé ouvrir un compte en banque, sur lequel il avait emprunté mille dollars qu'il avait mis à l'abri de sorte qu'ils soient inaccessibles. Et il les avait remboursés. Avant d'en emprunter cinq mille, et ainsi de suite, même lorsqu'il avait commencé à gagner des sommes folles. Pendant ce temps, nous autres vivions comme des tsars, passions notre temps chez Giorgio, restaurant légendaire du quartier des abattoirs où présidait Gros Giorgio – sous un gigantesque portrait à sa propre gloire – qui en fin de nuit servait des œufs au plat, de la bière et du bacon aux bouchers qui traînaient là, avant de passer la main à son fils pour le service du déjeuner, puis la cohue du dîner. Alors Junior vous préparait des biftecks d'aloyau de dix centimètres d'épaisseur à vous faire hurler de désir, des bloody mary tellement alcoolisés qu'ils en étaient transparents (comme disait Fanelli : « Si on ne peut pas voir à travers, c'est que le barman ne connaît rien à son boulot ») et des martinis aussi cristallins que des créations de Fabergé, le tout à des prix à vous hérisser les cheveux sur la tête. Il y avait un moment passionnant de mélange des genres, en milieu de nuit, quand les saoulards et les gosses privilégiés tétaient encore leurs bouteilles de pomerol à quatre cents dollars, tandis que les bouchers, les yeux tout embrumés de sommeil, les cheveux encore humides et lissés en arrière, commençaient à débouler pour prendre leur petit déjeuner avant d'embaucher. Dehors, la rue était immonde. À cette époque New York tout entier était répugnant, on marchait partout sur des détritus ou sur des seringues usagées, mais le trottoir devant chez Frank était particulièrement abject : la rue était couverte de restes de viande, de rats de la taille de pastèques et de travelos qui tapinaient, accoudés aux limousines, assurant aux banquiers totalement déchirés qu'eux seuls savaient ce qu'ils voulaient vraiment – et souvent ils avaient raison –, aussi les limousines tournaient-elles autour du pâté de maisons, les vitres embuées par les fellations et la fumée de hasch, jusqu'à ce que le soleil soit franchement levé.

Les vertus requises pour devenir un de nos restaurants favoris étaient d'être trop cher et ouvert très tard (avec en général un service déplorable), ainsi que d'avoir de la place devant l'entrée pour garer les limousines.

Bon sang, le jour des primes, chez Giorgio, c'était le pied. Dans la bande, seul Trotmeier avait gardé son premier appartement comme résidence principale. Dans ce taudis de la 23e Rue, dont le loyer mensuel n'était que de cinq cent soixante-quinze dollars – tellement insalubre qu'on l'appelait la Vengeance des Cafards – défilaient toutes les nuits les filles les plus splendides, les plus glamour et les plus incroyablement pulpeuses de New York : des putain de bombes atomiques. Pour Noël, Trotmeier ne leur offrait ni Birkin de chez Hermès, ni diamant jaune taille radiant. Il ne leur donnait rien d'autre que l'éloquence de sa jeunesse et de sa beauté, et aussi de sa gigantesque bite. À vingt-cinq ans, il était déjà millionnaire.

Trotmeier vivait avec une fille plusieurs semaines, voire des mois, parfois même une année, et la rupture ne se faisait jamais dans la rancœur. Il n'était pas le genre d'homme à gribouiller son numéro sur les nichons des nanas en boîte. Il était ce qu'on appelle un gentleman. Ses histoires d'amour se terminaient toujours dans le même regret doux-amer, et il aimait sincèrement chacune de ces filles. Il adorait leur odeur, la douceur de leur peau tendre, leur conversation, toujours si prometteuse. Aucune d'elles n'a jamais regretté de l'avoir rencontré. Plus tard, elles repenseraient à lui avec affection, en se disant que ce n'était pas un salaud.

L'arrière-grand-père de Trotmeier sévissait déjà à Wall Street à la fin du siècle précédent, et chez lui tous les hommes avaient gagné leur vie de la même manière, ce qui leur conférait une sorte de rang royal – n'empêchant pas Trotmeier de se la couler douce chaque soir comme tout le monde, de faire incorrigiblement la fête au Mudd Club, à l'Area ou au Reno Sweeney, de dîner dans les meilleurs restaurants – où il attirait d'autres gens riches et célèbres tels que Frédéric Fekkai, qui le coiffait gratuitement, ou le joueur de tennis Vitas Gerulaitis, qui le suivait partout comme un clébard –, mais pas une seconde il ne quittait le compteur des yeux. Jamais. Il s'était juré d'arrêter de travailler à trente ans au plus tard, et il était bien parti pour tenir parole. C'est l'une des personnes les plus gentilles que j'aie connues.

Et un jour, Susanne Leiber est entrée en scène. Elle était originaire de Californie, elle était jolie – pas exceptionnelle, mais elle avait quelque chose. C'était une étoile promise à l'incandescence. Elle dessinait des bijoux extraordinairement chers pour une boutique de légende sur la 5ᵉ Avenue, ce qui veut dire qu'elle *travaillait*, et elle était d'une lucidité totale dès l'instant où ses yeux noirs et brillants s'ouvraient le matin. Trotmeier était tombé très amoureux d'elle – même si, surprise, c'était le cas à chaque fois. Parfois, en voyant une jeune femme franchir la porte d'un bar, il annonçait : « Ho ho, je crois que voici ma prochaine bêtise. » Quoi qu'il en soit, il s'était retrouvé fort épris, et il n'avait pas fallu longtemps pour que la donzelle emballe sa loupe et ses affaires pour les déménager dans la Vengeance des Cafards.

Trotmeier baignait en pleine allégresse conjugale. Il sortait moins. Susanne et lui organisaient des dîners dans son taudis au quatrième étage, avec filet de bœuf et microlégumes verts préparés par les meilleurs traiteurs de la ville. C'est alors que Mrs. Trotmeier avait débarqué, mettant pour la première fois les pieds dans la Vengeance des Cafards, et sa condamnation du choix immobilier de Louie avait été sans appel. Elle avait déclaré les lieux invivables et avait aussitôt fait jeter les futons miteux, les matelas bas de gamme posés sur des parpaings, pour les remplacer par des canapés en duvet d'oie et des tapis persans, ainsi que des rideaux tout droit sortis de chez le prince de Galles et de la vraie porcelaine. Elle n'avait rien eu à acheter. Les Trotmeier n'étaient pas de ces gens qui *achètent* des meubles, mais de ceux qui en *possèdent*, et elle n'était que trop heureuse de se défaire d'une partie de sa vaste collection, qui sommeillait dans des entrepôts aux quatre coins de la ville.

Mais surtout, Mrs. Trotmeier avait pris dans ses bagages Lenny le Dératiseur qui, à peine franchi le seuil, avait inspiré profondément avant de lâcher : « Vous avez un gros problème d'infestation. » Elle avait aussi amené Loretta – « elle est quasiment de la famille » – dont le travail était le même depuis toujours, nettoyer la maison d'un Trotmeier, allant jusqu'à désincruster à la brosse à dents la poussière entre les lattes de parquet.

Lenny n'était pas bien malin et carrément obèse, aussi lui était-il difficile d'exterminer dans les coins et sous l'évier, mais Loretta et lui étaient venus cinq jours d'affilée, puis une fois par semaine, jusqu'à ce que le moindre nuisible ait été atomisé.

Au bout du compte, l'appartement ressemblait à une maison de campagne tapissée de chintz et meublée de canapés Chesterfield, le tout enfermé dans une boîte à chaussures sombre, pourrie et infestée de rats. Comme la plupart des maisons de campagne anglaises, en somme.

Donc tout était réglé. L'avenir était limpide. Le couple royal, l'alliance parfaite. Mrs. Trotmeier était prête à appeler Saint Laurent pour la robe, à réserver le Colony Club pour la réception et à régler ça une bonne fois pour toutes, et Susanne et Louie n'étaient pas contre. Susanne voulait remonter la grande allée centrale de l'imposante église St. Bartholomew, où tous les Trotmeier s'étaient mariés depuis 1897, avec les demoiselles d'honneur et les pétales de fleurs dispersés devant elle comme des confettis le jour de l'an. Susanne voulait un bébé. Louie IV aussi, bizarrement – Louie V. Notre Louie d'or, premier à capituler.

Susanne était repartie pour Los Angeles afin d'en discuter avec sa mère. Apparemment, il n'y avait pas de père. Qu'il soit mort ou divorcé, sa défaillance passa quasiment inaperçue.

Même en l'absence de Susanne, Louie s'était tout de même tenu à l'écart de la scène nocturne, se contentant de sushis à emporter qu'il avalait à la table Duncan Phyfe que sa mère avait installée chez lui, et où Otto Kahn en personne avait dîné jadis. Louie, premier à capituler.

Un soir, dans le froid mordant de l'hiver, Louie était déjà couché lorsque le téléphone sonna à minuit et demi. C'était Vitas.

« Lève-toi, prends une douche, habille-toi classe et sois en bas de chez toi dans une demi-heure.

— Je dors, là.

— Eh bien réveille-toi, bon sang. J'ai une surprise pour toi. J'envoie la voiture.

— Vitas, tu es le Mal.

— *Semper paratus*, mon vieux. *Semper paratus.* »

Toujours prêt.

Je n'invente rien. La plupart des récits sur le New York des années 1980 sont véridiques, comme l'histoire de cette femme qui avait fait démonter la fenêtre de son appartement du dixième étage de sorte qu'une grue puisse hisser un sapin de Noël de cinq mètres de haut et le faire pénétrer dans les profondeurs de son gigantesque salon. Ça aussi, c'est arrivé. Je ne pense pas que ce soit si fréquent, aujourd'hui. Pas dans mon quartier, en tout cas.

Quoi qu'il en soit, à 1 heure du matin, Louie était bel et bien planté au coin de la rue, sous un réverbère, dans une fine brume glacée qui faisait étinceler sa crinière dorée. Il avait enfilé un pantalon gris, une chemise Oxford et un blazer en cachemire avec des boutons en corne – jamais en cuivre. Quelle que fût la météo, les Trotmeier ne croyaient pas aux pardessus, sauf aux enterrements, et dans ce cas ça ne pouvait être qu'un chesterfield noir de chez Huntsman & Sons à Londres – ils se les repassaient d'ailleurs souvent de père en fils.

Louie est à contre-jour sous la pluie, le crachin plutôt, par cette piquante nuit d'hiver, et une Rolls jaune se gare le long du trottoir. Le chauffeur, qui passe ses journées à corder des raquettes pour Vitas, descend ouvrir prestement la portière. Un long bras surgit dans l'obscurité glacée, et la main au bout tient un verre de brandy. Vous voyez la scène ? Tout est là ? Pour Louie, il y avait eu comme un déclic. Il avait inspiré un coup, un souffle bref, avait eu une dernière pensée pour Susanne, en Californie, penchée au même moment avec sa mère sur un échantillon de tulle ou de satin de soie, sans doute en train d'imaginer la lente remontée de l'allée centrale de St. Bartholomew, puis il avait

144

tendu la main, pris le verre et avalé le brandy d'un trait, alors que ce n'était pas un gros buveur, avant de monter à l'arrière de la voiture. Derrière lui la portière s'était refermée sans bruit. Cette main et ce bras se trouvaient appartenir à une femme qui était alors la reine incontestée des divas de la pop, une créature tellement célèbre qu'elle pouvait se contenter d'un prénom.

« Salut, chéri », avait-elle dit. Dans cette nuit d'hiver, elle était à peine vêtue, et de son long bras elle avait attiré Louie pour l'embrasser, elle avait senti le goût du brandy sur ses lèvres, puis elle l'avait poussé doucement et avait répété « Salut, chéri ». C'est tout.

La Diva Salut Chéri changea pour toujours le destin de Louie Trotmeier IV. Le tigre, le carnivore à l'affût, en cage depuis si longtemps, était désormais lâché. Il lui avait répondu un « salut » timide, avant de la dévorer toute crue, de n'en faire qu'une bouchée, comme d'une huître dans un bar mexicain.

Cette nuit-là, dans sa gigantesque suite du Sherry-Netherland, dans le lit aux draps tellement amidonnés qu'on aurait pu y écrire son testament, la Diva avait subjugué Louie. Elle n'était plus seulement une femme mais tout un monde, sa peau blanche semblait un vaste désert au-dessus duquel Louie flottait, touchant terre de temps à autre, pour s'abreuver à ses creux humides et revenir à la vie.

Malgré son corps de patricien modelé à la perfection, Trotmeier découvrit cette nuit-là qu'il ne savait rien des femmes, ni de la manière de leur donner du plaisir ou d'en recevoir. La Diva offrit à cet homme l'accès à sa vie et à son corps, elle le prit dans ses bras, et pour lui ce ne fut pas seulement bien, ce fut merveilleux.

Alors qu'ils reprenaient leurs esprits, il lui avait dit : « Chérie, je vis avec une femme. Je l'aime et on va sans doute se marier. Donc, quoi qu'il se passe entre toi et moi, ça devra rester totalement secret. On l'emportera dans la tombe. C'est promis ? » Et elle avait juré, la main sur son cœur où scintillait une petite croix en or dans la pénombre, puis elle avait de nouveau baisé Trotmeier comme une bête jusqu'à ce que les hirondelles sur le rebord de la fenêtre se mettent à siffler, et alors Louie avait dû aller au bureau, où il s'était empressé de nous raconter qu'il avait fait l'amour à cette légende vivante qui faisait la une des magazines *people*, cette icône surréaliste des paillettes et du sexe, jusqu'à ce que les hirondelles… et ainsi de suite. Quant à cette dernière, après une longue sieste réparatrice, elle avait décroché son téléphone pour tout raconter à son agent.

Ils s'étaient revus. Désormais, ils s'aventuraient dehors. La célébrité de la Diva leur ouvrait instantanément les portes de tous les lieux – hétéros, homos, louches, élégants, tout ce que cette vaste ville proposait en matière de plaisirs. Trotmeier n'était plus l'archétype de la jeunesse et de la santé qu'il était jadis, il n'avait plus l'air du descendant d'une des familles de banquiers les plus anciennes de New York. Pour dire les choses clairement, il n'était plus qu'une épave ambulante, le *toy boy* huppé d'une diva du disco, et il n'avait jamais été aussi heureux de sa vie.

Mais, à New York, à part le cancer en phase terminale, rien ne reste secret très longtemps, et il était évident que ça se saurait tôt ou tard.

Alors qu'elle faisait la queue chez Ralph à Los Angeleeees, comme on dit dans les vieilles familles, la jeune Susanne Leiber avait jeté un œil aux magazines alignés près des caisses et elle était tombée sur Louie, en couverture, enroulé comme un python autour de la Diva à moitié nue, au Xenon. Susanne avait laissé ses courses dans son caddie, pris le vol de nuit et emballé Louie Trotmeier comme s'il s'agissait des restes nauséabonds du dîner de la veille. Puis elle l'avait balancé à la poubelle, pour ne plus jamais le revoir ni lui adresser la parole. Adieu l'allée centrale de St. Bartholomew. Comme je le disais, elle était une étoile promise à l'incandescence et, dans sa constellation, il n'y avait pas de place pour les peccadilles ou la passion débridée.

La Diva était partie en tournée. Elle avait offert à Louie huit pulls en cachemire et une Rolex en or au dos de laquelle était simplement gravé : *Semper paratus*. Il n'avait plus jamais entendu parler d'elle.

Susanne était retournée travailler, en sanglotant sur ses rubis et ses émeraudes. Trotmeier avait dessaoulé et s'était ressaisi, essayant de faire comme si rien ne s'était passé, tout en sachant que sa vie avait irrévocablement changé et que, s'il devait vivre plus longtemps que la Diva, la première chose à laquelle il penserait lorsqu'elle mourrait, c'était cette petite croix en or scintillant à la lueur des réverbères de la rue, dans cette suite du Sherry-Netherland, et à cette fille, ce brasier de la célébrité lui susurrant « Salut, chéri », à lui et à lui seul.

Un jour, passant la tête par la porte du bureau, le patron de Susanne – fils du joaillier dont le nom était inscrit sur la marquise de cette boutique légendaire – l'avait surprise en larmes. Comme il s'inquiétait de la raison de son chagrin, elle lui avait raconté toute l'histoire – qu'il connaissait déjà dans les moindres détails, évidemment. Alors il lui avait proposé de passer le week-end avec lui, à Southampton. Huit mois plus tard ils étaient mariés, et je peux vous dire que ça avait fait jaser en ville. Il aurait pu être son père, au moins. Il avait la réputation d'être un homo convaincu, et pourtant voilà que débarquait dans sa vie cette gentille fille un peu ordinaire, avec de jolis yeux, originaire de Los Angeleeees.

« Mais qu'est-ce que ça veut *dire* ? m'avait demandé Fanelli en fumant son havane, chez Giorgio.

— Ils s'aiment, c'est tout, avais-je répondu.

— Comment ça, ils s'aiment ? Il est homo.

— On sait ce que ça veut dire, Fanelli. Ce qu'on ignore, c'est quelle forme ça prend.

— Eh bien, bordel de merde, c'est vraiment le pompon. »

Ils étaient devenus le couple de l'année, de la décennie, même. Ils allaient partout ensemble, affichant une tendresse qu'on voit rarement chez un couple. Pendant un temps, ils furent tout l'un pour l'autre, et c'est ainsi que Susanne Leiber se retrouva, si jeune, au bras d'un joaillier homosexuel vieillissant, avec au doigt un diamant de vingt-huit carats ayant jadis appartenu à la reine Victoria. La pierre était même baptisée Étoile-de-je-ne-sais-quoi, nom auquel on ajouta celui de Susanne. Toutes les filles se ruaient sur les imitations qu'en faisait Bloomingdale's.

Ils restèrent mariés pendant dix ans, pratiquement jour pour jour, et le diamant fut vendu aux enchères l'année suivant leur séparation. À l'image du monde dans lequel évoluait le joaillier, tout se fit avec grâce et bon goût. Susanne commenta ainsi la vente : « Mon espoir est que ce bijou soit offert à une femme chanceuse, comme ce fut mon cas autrefois, en gage d'amour, et qu'il soit porté souvent et avec fierté. »

148

Pourquoi faut-il qu'au moment de perdre le charme et l'éclat de notre jeunesse, nous devions aussi renoncer à tout un monde de possibles ? Nous accumulons, mais l'essentiel de ce que nous possédons se perd bien plus souvent qu'on ne le donne, et rien ne pourra jamais compenser ce deuil : plus d'hirondelles par la fenêtre du Sherry, plus de diamant Victoria, ni de nuits à l'Area où les semelles des bottes écrabouillent les fioles de poppers sur la piste de danse. On a trop perdu, au fil des jours, et rien ne reviendra. On ne peut plus retourner en arrière, sinon pour trouver une maison vidée de ses meubles, un demi-queue recouvert d'un drap, le silence ouaté de ces pièces désertes où l'on ne vit plus.

Trotmeier avait épousé un mannequin, une fille belle mais idiote, et avait acheté un énorme appartement dans un gigantesque complexe résidentiel de Manhattan, le San Remo. Ils avaient eu deux enfants et puis, après une soirée bien arrosée, notre ami avait surpris sa femme au lit avec un beau gosse quelconque de sa salle de gym. À partir de là, terminé les fêtes de Noël au San Remo, à chanter tous ensemble. Pour finir, il avait épousé une femme gentille et ordinaire, chez qui rien ne venait compenser le manque d'intelligence. Fekkai était devenu une chaîne de salons de coiffure. Bien que toujours aussi riche, Louie avait perdu de sa superbe, et sa chevelure de son éclat.

Après que j'avais été renvoyé, c'est Louie qui s'était montré le plus fidèle, avec Fanelli. Il avait continué à m'appeler, et chaque fois il était un peu moins resplendissant. Il me montrait des photos de ses enfants, qu'il sortait de son portefeuille T. Anthony, mais aucune de sa femme. Sa gentillesse était authentique, mais notre amitié était contextuelle, reliée à une certaine époque, à un certain lieu, qui n'étaient plus à notre portée ni à l'un ni à l'autre. C'est toujours lui qui réglait la note.

Peut-être cette décadence était-elle à l'image d'un écosystème qui ne parvient pas à l'autosuffisance ; le regarder mourir est un spectacle d'une grande tristesse. Le virus mortel était si profondément ancré dans l'ADN de cette décennie qu'elle amorçait déjà sa chute à son apogée, dans sa gloire la plus resplendissante et la plus vibrante de vie.

« J'aurais tant voulu…, dit Louie un soir, la main sur l'addition.

— Qu'est-ce que tu aurais voulu, Louie ? » C'était bien l'un des hommes les plus gentils que j'aie connus.

« J'aurais voulu que ça dure. Je sais bien que c'était impossible, qu'elle était beaucoup trop… que je n'aurais pas été de taille, aujourd'hui ce serait grotesque, mais il n'empêche que je regrette. J'en ai une érection rien que d'y penser. »

Un homme d'une douceur infinie, qui avait déjà vu filer la moitié de sa vie, dont les enfants étaient presque adultes, dont la femme insipide ne quittait pas la maison. Et qui avait toujours ses entrées dans les clubs VIP, bondés de jeunes gens tous identiques. Les fils et les filles des Trotmeier de ce monde, qui sortaient en boîte à quatorze ans, les yeux maculés de mascara.

« Il fallait que ça s'arrête, Louie. Ça nous aurait tués.

— Dans ce cas… », avait-il répondu en riant. Il avait ramassé la monnaie et laissé un pourboire énorme, comme toujours. Son rire s'était évanoui. « Dans ce cas, je serais mort heureux. J'aurais aimé mourir en train de danser avec… J'aurais aimé mourir. Je crois bien. »

C'est la dernière fois que j'ai vu Louie. Dehors, nous avons retiré nos gants pour nous serrer la main sous la neige. Les flocons se déposaient sur sa chevelure et l'espace d'une seconde, par un jeu de lumière, elle s'est remise à briller et à scintiller. Pendant un instant, dans cette lumière et cette brise, Trotmeier était de nouveau splendide.

Comme un ange.

Le contact des inconnus

Je suis l'homme de l'autre côté de la vitre. Elle est nettoyée chaque jour, aussi est-elle comme le cristal. Je vous vois, sans vous chercher particulièrement du regard. Je sais simplement que vous êtes là. Vous ne me voyez pas, pas plus que ceux que vous croisez au hasard dans la rue. Vous avez une vague conscience de ma présence, et même de mon regard posé sur vous, mais pour vous je demeure invisible. C'est ainsi, de nos jours. Pour vous je ne signifie rien.

Lorsqu'il vous arrive de jeter un œil à travers la vitre, vous n'y apercevez rien d'autre que votre propre reflet, et ça vous suffit. Mais je veux vous faire savoir que je suis là, au-delà du reflet, du côté de la vitre où vivent les gens lambda.

Je porte des pantalons ordinaires, le genre dont on ne se rappelle jamais la couleur. Et aussi des chemises à motif écossais en coton et polyester, avec une cravate. L'été, j'opte pour des chemisettes. Sur chaque manche, le fabricant a taillé un petit V et placé un bouton, à la pointe. J'imagine que c'est une décoration, l'ornement qui fait l'originalité du vêtement – même si les boutons en question tombent généralement au bout de trois ou quatre lavages.

Ma tenue n'a rien de remarquable, rien qui témoigne d'une grandeur ou d'une démesure passées. Quand mes vêtements sont sales, je les dépose dans un sac en nylon bleu à la laverie où je les fais laver et plier, puis je les récupère le soir même, presque comme neufs. Les employés de la laverie ont des vies encore plus simples que la mienne, plus humbles, pourtant ils réussissent à rentrer au pays une fois par an, là où ils habitent, avec leur argent américain, comme des rois et des reines du temps jadis. Pour la plupart, ils sont vieux et minuscules.

J'aime employer des expressions comme « au temps jadis ». Je les prononce pour moi seul en vous regardant, vous qui ne me regardez pas, à travers cette vitre derrière laquelle je suis condamné à rester. Je vous hais, avec votre agitation. Vous vous asseyez là et vous discutez des endroits où stocker ses fourrures en été ou des meilleurs soins pour les cheveux comme dans le poème d'Edna St. Vincent Millay ; vous parlez des dernières nouveautés, et souvent vous faites rire vos semblables autour de vous. Vous vous targuez de ne pas avoir été impressionné par telle exposition dont le *New York Times* chante les louanges. Souvent vous connaissez les peintres ou les artistes en vogue, qui sont les personnalités les plus éclatantes dans cette ville elle-même aveuglante de lumière. Vous prétendez que la cuisine est vraiment surfaite, dans tel restaurant ultra à la mode où vous avez vos habitudes. Votre conversation n'est que bruit, tapage insoutenable.

Et, bien sûr, vous parlez d'argent. Tout le monde n'a pratiquement que ça à la bouche, aujourd'hui. Ma mère m'a appris qu'il était vulgaire de parler d'argent à table, mais visiblement nous n'avons pas eu la même mère.

Jamais il n'est question de moi. Vous abhorrez ce qui est ordinaire. Vous m'abhorrez, moi. J'arrive pourtant à m'immiscer dans vos idées de génie et à perturber le cours de votre vie spirituelle et passionnante.

Ma vie n'est pas horrible en soi, juste ordinaire. J'essaie de faire cohabiter les réminiscences de mon ancienne existence avec celle que je mène aujourd'hui, et c'est impossible. Après avoir été au volant d'une Lamborghini lancée à deux cents à l'heure sur Sunset Drive à 4 heures du matin, il est difficile de se lever, d'enfiler une chemise en polyester et d'aller vendre des livres chez Barnes & Noble. Mais je n'en ai pas honte.

J'avance d'un pas décidé, sans laisser de sillage derrière moi. Je me faufile. Je ne me précipite jamais. Je parcours six kilomètres à pied pour aller travailler le matin, et six pour rentrer le soir, mais je prévois toujours large pour ne pas me presser.

Dans la rue, je prends garde à ne bousculer personne, à ne pas être touché par qui que ce soit. Je n'aime pas le contact d'inconnus, pas même le frôlement d'un imperméable contre ma main nue. Je ne demande plus beaucoup de place dans ce monde, alors qu'on me laisse tranquille dans le peu qui me reste.

Je regarde les autres gens ordinaires, et eux non plus ne sont pas là pour flâner. Tout comme moi, ils ont un point de départ et une destination, tous deux tellement ternes qu'ils ne les différencient plus vraiment.

La plupart du temps, je porte un coupe-vent en nylon, même l'hiver, quand un manteau s'imposerait. Le matériau froid et glissant me donne l'impression d'être un dauphin fendant les eaux céruléennes d'une mer que je ne verrai plus jamais.

Je pourrais vous adresser la parole. Me joindre à la conversation. Je passe mon temps à lire, je sais une quantité faramineuse de trucs qui pourraient vous amuser, qui vous feraient rire de bon cœur. Je suis capable de passer commande de manière impeccable dans n'importe quel restaurant du globe. Je peux réciter le discours d'Henri V à la bataille d'Azincourt. Et, au sujet de l'argent, j'en sais plus que vous ne pourriez l'imaginer.

Mais cette vitre, l'idée qu'un homme ordinaire puisse la traverser… c'est peu probable.

C'est même impossible.

S'il me manquait une jambe ou un bras, ou si j'étais un ado assis au coin de la 5e et de la 57e avec un écriteau disant que j'ai besoin d'argent pour rentrer chez moi, vous me remarqueriez peut-être, furtivement.

J'ai vécu toutes sortes d'aventures. Ma vie n'est pas un long désert. Je pourrais vous en raconter, des anecdotes.

Par exemple, il y a des décennies de ça, alors que je vivais de ma bourse étudiante à Florence après une année à Londres, mon quotidien n'était qu'une farandole d'aventures et d'événements. J'y suis resté pas loin d'un an.

L'après-midi de mon dernier jour, alors que je rangeais le fruit de ce qui aurait dû être une carrière de peintre – c'est-à-dire que je balançais mes toiles dans le poêle de ma chambre –, une femme avait débarqué chez moi pour m'annoncer de but en blanc qu'elle voulait coucher avec moi. Pas sur-le-champ. Plus tard. Sam avait la quarantaine et elle ressemblait à Mina, la chanteuse de pop italienne. Sam était musicienne aussi, mais sa spécialité à elle, c'était le blues. Pour tout dire, je ne la connaissais presque pas. Elle voulait venir me rejoindre chez moi pour partager ma dernière nuit. On s'était mis d'accord pour qu'elle arrive à 2 heures du matin, qu'elle frappe doucement, et qu'alors je la laisse entrer. À l'époque, la soirée commençait souvent à 2 heures du matin.

Sam était pulpeuse, avait une chevelure auburn et vingt ans de plus que moi. Je lui avais bien proposé qu'on couche ensemble immédiatement, mais elle avait décliné, arguant que son désir avait besoin de temps pour éclore et que le sexe anticipé était bien meilleur qu'un petit coup à la sauvette.

Ce soir-là, mon dernier, un groupe d'Anglaises que je connaissais, dont l'une portait le nom improbable d'Harriet Thistlethwaite – et qui, non contente de s'appeler ainsi, avait un frère qui se prénommait Cecil –, bref, Harriet Thistlethwaite et ses colocataires Rosemary et Prunella m'avaient organisé une fête de départ. Ça grouillait de ces gens qu'on rencontre de votre côté de la vitre, en beaucoup plus jeunes. Quand on a vingt ans, il n'y a pas de vitre, juste un souffle d'air, et cette brise est si tiède et engageante que n'importe qui peut se présenter à votre porte. Ce soir-là, on tombait sur les profils les plus variés.

Les Anglaises, toutes de respectables étudiantes qui attendaient que le semestre débute à Oxford en servant dans des cafés, en fumant comme des toxicos et en vivant de rien, étaient réputées dans leur cercle d'amis pour le dessert qu'elles confectionnaient à partir de ricotta fraîche, de café instantané, de sucre et de brandy. Il en fallait peu pour se distinguer, alors. Tout le monde était jeune, rayonnant et doué, ou à défaut beau, ce qui battait tout le reste.

Elles avaient aussi préparé des spaghettis à l'ail et à l'huile d'olive, le plat le plus économique pour nos bourses – six dollars au plus pour toute l'assemblée –, et chacun avait apporté deux bouteilles du vin le moins cher. On était ignorants de tout. On se réjouissait de ce qu'on avait. On se trouvait du bon côté de la vitre, là où passe l'air tiède et où le monde recèle des millions de possibles, des aventures sans limites, aussi la nourriture était-elle secondaire, et le vin bon marché.

Cecil venait seul à Florence depuis l'âge de quatorze ans allumer des feux d'artifice le 27 janvier, jour de l'anniversaire de Mozart, à l'endroit précis de la Piazza della Signoria où Savonarole avait été pendu et brûlé. Il avait rameuté une foule d'amis, tous beaux et graciles. Il m'avait présenté un certain Tito, belle gueule, environ mon âge, qui d'après l'énorme carte de visite qu'il m'avait tendue était non seulement comte, mais s'appelait de son vrai nom Parmigianino ou Pontormo, quelque chose dans le genre. Tiziano, voilà, c'est ça. On avait discuté.

« Tu es célibataire ? » m'avait demandé Tito. J'avais répondu que oui. « Ça pourrait changer, avait-il ajouté dans son anglais de pensionnat suisse. J'ai une cousine, Lucia. Magnifique. Dix-neuf ans. Elle cherche un petit copain.

— Je m'en vais demain matin.

— Alors qu'il serait si facile de rester.

— Je suis désolé. C'est impossible, je n'ai plus un sou. »

Il était pour le moins bizarre qu'un inconnu me demande de tout laisser tomber pour vivre avec une femme que je n'avais jamais rencontrée de ma vie, mais sur le coup sa proposition ne m'avait même pas choqué. N'oubliez pas qu'il y avait quarante bouteilles de vin dans la pièce.

Tito était passé à autre chose, mais toutes les dix minutes environ, il revenait répéter son offre, de plus en plus alléchante.

« Elle est splendide, Lucia. Et très, très riche.

— Dans ce cas, pourquoi elle ne peut pas se trouver un petit ami toute seule ?

— Elle est timide. »

Puis, plus tard encore : « Lucia a très envie de toi.

— Elle ne m'a jamais vu !

— Elle te regarde danser. Au Mach Due… »
J'allais très souvent dans cette discothèque, avec
Harriet.

« Pourquoi elle n'est jamais venue me dire bonjour ?

— Je t'ai dit, elle est timide. Mais elle est
amoureuse de toi.

— *Bugiardo*, c'est des salades, tout ça.

— Tu n'es pas obligé de me croire. Mais elle sait
ce qu'elle veut. »

Environ trente-huit bouteilles plus tard, alors qu'il
était près de 2 heures du matin, il continuait son
petit manège. Je n'avais pas oublié que Sam devait
passer, et tandis que je me préparais à partir, il m'avait
entrepris une dernière fois.

« Quelle est ta voiture préférée ?

— La Ferrari Dino 246.

— Elle t'en achètera une. Restaurée à la perfection. Elle t'offrira un grand appartement avec toute
la place pour toi, tes vêtements et ta nourriture. Et
elle te paiera cinq mille dollars par mois, pour ton
argent de poche.

— Maintenant il faut que j'y aille, Tito. Tiziano.
On m'attend. Je suis sûr que ta cousine est exactement telle que tu la décris. Je lui souhaite tout le
bonheur possible.

— Elle aura le cœur brisé.

— Je dois partir. Maintenant.

— Ça t'ennuie si je te raccompagne un peu ? »

J'avais fait mes adieux et mes promesses d'amitié
éternelle à tous ces gens que j'étais certain de ne
jamais revoir. Trois semaines plus tard, je me trouve-
rais à Wharton, et Florence serait déjà très loin, de
même que le jour de l'anniversaire de Mozart, que

je me suis cependant toujours rappelé et que j'honore chaque année, mais sans explosifs.

Tito m'avait suivi sur le palier. Les portes s'étaient refermées, nous laissant dans le noir total. C'était un de ces immeubles avec une minuterie, laquelle restait allumée pendant vingt secondes quand on appuyait sur l'interrupteur, aussi fallait-il se précipiter sur les marches de marbre glissant pour débouler dans la rue à temps. Au milieu de notre descente, la lumière s'était évidemment éteinte et tout avait de nouveau sombré dans des ténèbres immenses et poisseuses. Le temps que nos yeux s'habituent à l'obscurité, on s'était arrêtés sur un autre palier, à côté d'une énorme baie arrondie qui donnait sur les collines toscanes. Une merveille.

« Je peux te poser une question ? Si tu ne veux pas t'installer à Rome avec ma cousine, tu accepterais de venir chez moi, et de dormir avec moi, dans mon appartement ? »

J'étais archi-bourré. Dans la pénombre, Tito avait tendu la main pour poser sur ma joue sa paume gauche, argentée comme le ventre d'un vairon. Une moitié de son beau visage était cachée.

Son contact m'avait brûlé la peau, tandis que mon sang se figeait dans mes veines. Je m'étais jeté à l'aveugle dans l'escalier en marbre du XVIIIe, cherchant désespérément la rampe ou une prise quelconque. J'étais rentré chez moi d'une traite, m'arrêtant seulement pour dire adieu aux transsexuelles sophistiquées et majestueuses qui tapinaient devant les grands hôtels des bords de l'Arno.

En arrivant, j'avais verrouillé la porte de la rue, puis celle de mon appartement. J'avais tiré les persiennes et la pleine lune avait zébré le sol en *terrazzo*. Et j'avais attendu. J'étais emmuré comme Aïda dans son tombeau, inaccessible, mais guettant patiemment les coups à la porte d'en bas. Il m'avait semblé en entendre, timides, sur le coup de deux heures et quart. Je n'avais pas bougé, j'étais resté assis dans mon fauteuil, enveloppé par la pénombre striée de rayons de lune.

Elle n'avait pas insisté. J'avais tenu éveillé jusqu'à 4 heures, dans le silence. Le lendemain matin, j'avais traîné mes valises à la gare, direction l'Amérique, l'école de commerce et la Firme.

Ma nuit de passion et de désir. Mon aventure improbable. Enfin, plutôt mon aventure manquée. L'opérette triste d'un homme ordinaire, que je chéris encore quarante ans plus tard. Trois personnes avaient eu envie de moi en une seule nuit. Trois personnes.

Le fait est que, si j'étais de votre côté de la vitre, je ne resterais pas assis sans rien dire. L'autre jour, alors que je me rendais à pied au travail, j'ai entendu un petit sifflement que je n'ai pas réussi à identifier, en passant devant une banque. Normalement, je ne m'arrête pas sur ma lancée, mais j'ai fait une exception et je me suis aperçu que le son provenait d'un distributeur de billets. Je me suis approché.

Dans la fente de la machine, j'ai vu cinq billets de vingt dollars tout neufs. Il n'y avait personne d'autre que moi dans la rue, pas âme qui vive dans l'aube grise et fraîche, alors j'ai pris l'argent et le sifflement s'est tu.

Je comprends qu'on puisse oublier sa carte et que la machine l'avale par mesure de sécurité, mais de l'argent ? Alors qu'on est venu au distributeur pour ça ? Il faut être complètement bourré ou shooté pour oublier les billets là, non ?

J'ai passé la journée dans la paranoïa. J'avais été filmé alors que j'empochais cent dollars qui ne m'appartenaient pas et j'étais certain qu'à tout moment des agents fédéraux allaient débouler dans la librairie pour m'embarquer. J'avais songé à donner les cent dollars à une association caritative, ou à les glisser dans le tronc d'une église catholique, mais je m'étais ravisé. Je les avais tout bonnement gardés dans la poche de mon pantalon ordinaire.

On aurait pu en rire autour d'un bon dîner, j'aurais offert ma tournée. Autrefois, avec cent dollars, on aurait acheté un gramme de cocaïne qui nous aurait permis de tenir toute la nuit. Pendant la seconde où l'argent était passé de la machine à ma poche, j'étais vous, j'étais de votre côté de la vitre, en train de vous complimenter sur une broche en diamant héritée de votre grand-mère. J'étais là. Et je n'y suis plus.

Maintenant, voici où je suis, voici ma nouvelle aventure. Le soir, je m'assieds devant mon ordinateur et j'achète des choses. Des vêtements. Des chaussures. Des carafes à vin en cristal. Il y a pléthore de boutiques en ligne. Pas de vendeur méprisant, pas de vitre en verre. Rien d'autre que les meilleurs produits et le claquement des touches sous les doigts. J'achète tout ça avec mes cartes de crédit, j'ai enregistré mes coordonnées bancaires sur ces sites. Personne ne me voit assis là dans mon vieux peignoir, à la sortie de la douche, le regard allumé par l'envie et la nostalgie.

Les paquets arrivent. Je note avec joie qu'ils ont été préparés avec fierté par Jeanette L. ou Rhoda D., et j'imagine ces femmes, des génies armés de papier de soie, en train d'emballer ma commande à Dallas ou à Londres. Les boîtes sont élégantes, identiques à celles qui jonchaient le parquet de ma chambre, dans mon loft, le dimanche après-midi. À l'intérieur, les vêtements sont exquis, taillés dans des tissus somptueux au toucher, dans des couleurs éblouissantes.

De la soie et du cachemire. Du coton Géorgie longue-soie. De la laine angora. La coupe est un véritable chef-d'œuvre, les vestes tombent à la perfection, légères sur mes épaules, les pantalons enlacent mes hanches et mes cuisses dans une étreinte qui tient du baiser.

J'enfile ces vêtements et, l'espace d'une seconde, je suis de nouveau cette personne. Je suis l'homme le mieux habillé au monde. Chez Lanvin, Givenchy, Saint Laurent et Bottega Veneta, ces boutiques installées en enfilade sur Madison Avenue et l'équivalent dans toutes les grandes villes du globe. Je commande à New York, Paris ou Rome et j'entre dans mon nouveau costume bleu ciel comme un roi.

En regardant Ryan Gosling dans le *Tonight Show*, je remarque son costume en tweed moucheté ; ça me prend du temps et c'est assez culotté, mais j'appelle l'émission et au bout de quelques jours, je finis par apprendre qui a confectionné l'ensemble en question. Moins d'une semaine plus tard, je l'ai sur moi – j'ai choisi la livraison express. Debout au milieu de mon appartement, je ne ressemble pas à Ryan Gosling.

Je marche, suis mon reflet dans les miroirs. Dans ces moments-là, je suis l'empereur de ma propre vie.

Puis je retire les vêtements et les plie soigneusement. Je veille à les ranger exactement tels qu'ils m'ont été envoyés, tels que Jeanette ou Rhoda l'auraient souhaité, enveloppés dans leur papier de soie argenté comme s'ils n'avaient pas été touchés. Je remplis le formulaire de retour d'articles. Je connais par cœur tous les codes. 01 : La taille ne convient pas. 02 : J'ai changé d'avis. Une fois que j'ai terminé, le paquet a l'air parfaitement intact, et bientôt il sera reparti à l'entrepôt pour inventaire.

J'enfile mon pyjama et me couche entre des draps d'un raffinement indécent, uniques vestiges de la vie que j'ai eue jadis. Une vie dans laquelle quelqu'un me repassait mes sous-vêtements. Une vie où Daniel Storto, le meilleur gantier du monde, m'avait confectionné une paire en chevreau de couleur fauve, d'après un contour de ma main, et où Riccardo Tisci m'avait fait un smoking sur mesure. Autrefois, John Lobb m'avait envoyé une paire de derbies à double boucle de Londres, à partir d'un tracé que la maison a toujours dans ses archives, depuis tout ce temps. On s'y moque de ne plus avoir entendu parler de moi depuis trente ans. Il suffirait que je leur passe commande demain et ils me fabriqueraient une paire de chaussures. Mais ça n'arrivera plus.

Le matin, je me lève et je prends mon traitement, du Temesta et du Buspar contre l'anxiété. J'emporte les paquets à retourner et, vêtu de mon pantalon ordinaire, je marche jusqu'à la poste, en passant devant les vitrines débordant de ces merveilles que je ne posséderai plus jamais.

J'ai froid, dans mon coupe-vent. La vitre en verre qui protège votre vie de la mienne est un tombeau de glace scintillante et infrangible où est enchâssé mon cœur.

Vous avez dîné avec moi. Vous ne vous en souvenez pas.

Je vous ai apporté des cadeaux de baptême qui se sont égarés ou ont été entreposés quelque part. Je me suis offert en pâture au monde à une vitesse affolante. Je vous ai livré mon cœur, je vous ai invité à déchiffrer les énigmes de ma vie, et vous n'avez même pas décacheté l'enveloppe.

Je me dis que ce n'est pas grave, mais je traîne péniblement les pieds toute la journée, dans l'impatience d'ouvrir les nouveaux paquets.

Retour de bâton

La courbe de la consommation de cocaïne à New York suit exactement celle de la prolifération des distributeurs de billets. Deux tentations aux trajectoires parallèles. Pour les distributeurs, on appelait ça « Aller au Mur », et on avait tout un protocole, si on le faisait accompagné : ne jamais regarder l'écran de l'autre, même de son meilleur ami ; ne pas pousser de cris si l'argent ne sortait pas – une mésaventure humiliante qui ne m'arrivait jamais. Autrefois, quand le dîner touchait à sa fin et qu'on avait flambé nos réserves, on rentrait tout bonnement à la maison, en limousine. Avec l'invention des distributeurs, il n'y avait plus aucune limite à la dépense, ni à la liste des gars décharnés dans leurs immeubles pourris qu'on pouvait appeler pour se faire livrer un gramme ou deux.

Parfois, une fiesta s'improvisait chez moi. Ou, mieux encore, des femmes splendides et des garçons superbes, en nombre équivalent, me suivaient dans mon repaire pour sniffer des rails sur un miroir, avaler du single malt dix-huit ans d'âge, et finir à l'aube dans un lit où nos corps nus et talqués se caressaient langoureusement. La mort planait au-dessus de nos têtes, et le sexe était divin. Dans ces années de terreur, on sentait la fin proche, et la frénésie nous gagnait de profiter de tout avant que la porte noire se referme et que le videur nous tourne le dos définitivement. « On dormira quand on sera vieux », voilà ce qu'on répétait en sachant très bien que ce jour ne viendrait pas, que nos vies sensuelles et flamboyantes seraient tronquées avant qu'on ait le temps de faire des enfants. On claquait tout ce qu'on avait, jour après jour, et pas seulement l'argent liquide. Toute cette liberté, toute cette beauté, le sexe et le sang dans nos veines, on brûlait tout entiers de cette folie dépensière.

J'avais quitté l'Illustre Taudis, tout laissé dans ce bouge immonde, pour m'installer dans la Maison du Bonheur, un loft de quatre cent cinquante mètres carrés à SoHo, avec un jardin sur le toit où j'avais fait installer un couloir de nage – j'en avais sacrément bavé avec la paperasse, mais rien ne pouvait m'arrêter. Malgré ce déménagement, comme tout New-Yorkais qui se respecte, j'avais gardé mon ancien appartement, dans lequel je comptais ne jamais remettre les pieds. Pour rien au monde les New-Yorkais ne se séparent d'une location abordable, il faut attendre que le médecin légiste leur casse les doigts *post mortem* pour espérer récupérer le bail. J'avais dit à Carmela que je l'utiliserais comme bureau le week-end, mais sa seule vocation était en réalité d'héberger ces rendez-vous de plus en plus fréquents, ceux qui n'apparaissaient dans aucun de mes agendas, ou qui se résumaient à un horaire, un nom et un numéro de téléphone, afin que la police ait une piste à suivre si je me faisais tabasser à mort et qu'on retrouvait mon cadavre flottant dans l'Hudson. Ces rencontres n'avaient pas de sens, au fond, pourtant elles se gravaient dans mon cœur de manière indélébile. Où tout ça me menait-il ? Que m'arrivait-il ? Je n'avais ni le temps ni le courage de me poser la question, mais j'avais toujours la clef du Taudis dans ma poche.

Je buvais au déjeuner. Ça ne me ralentissait pas le moins du monde. Au cours d'une semaine ordinaire, je consommais neuf grammes de coke et je baisais une dizaine de fois. J'avais acheté mon loft quand le marché était au plus haut et recruté Alan, l'architecte d'intérieur le plus doué du moment. Il s'était occupé de Diane Keaton, d'Ellen Barkin, de stars de cinéma et de nababs divers, tout le monde se l'arrachait et moi je l'avais eu, parce qu'il n'était pas question que m'échappe quoi que ce soit que je désirais. Point final. Il avait mis la main sur mon loft à trois millions de dollars et il l'avait littéralement ravagé. Je vivais dans un champ de ruines. Pendant deux ans, j'étais accueilli à mon arrivée par des bennes à gravats dans tous les couloirs. Alan a pris un espace de six pièces et m'a rendu un deux-pièces où ne subsistait aucune courbe. J'adorais ce type. Il était d'une lucidité absolue, avait des manières douces, des vestes en tweed, et le sida. Dans ce loft, je déambulais la nuit, seul ou accompagné, toujours saoul, et c'est ainsi que je me suis rendu compte que j'étais cerné, qu'absolument tous les angles étaient acérés. Granit, formica, marbre : coupants comme des lames de rasoir. Ce soir-là, j'étais sorti acheter du caoutchouc mousse et du chatterton pour recouvrir chaque coin d'une couche protectrice afin que, si je tombais – ce qui m'arriverait forcément –, je ne risque pas d'atterrir aux urgences pour me faire recoudre. Il était important, capital même, que j'apparaisse frais comme une rose le matin, et c'était toujours le cas, jamais un cheveu qui dépassait.

Dans les ruines de ce loft inachevé, j'avais épousé Carmela Mickelson Chase. Je ne l'avais pas épousée

par peur de me retrouver seul dans le désert cauche-
mardesque et pestilentiel du sida, ni pour soigner je
ne sais quelle confusion sexuelle, celle-là même qui
produisait en moi un sentiment d'euphorie extraordinaire, comme je n'en avais jamais connu auparavant.
Chez l'homme, il y a un point, juste à la base du cou,
dans le creux de la gorge, où, en posant le pouce,
on peut sentir battre le pouls et entrevoir l'amour
infini. Chez la femme, c'est la fossette entre la cage
thoracique et la hanche, une courbe de beauté que rien
n'égale sur cette terre. Ces deux splendeurs m'étaient
tout aussi impérieusement nécessaires. Dans les bras
de ces hommes et de ces femmes, j'étais immortel, et
libre. Si j'ai épousé Carmela Mickelson Chase, c'est
parce que je parvenais aussi à tout avoir, sur tous
les plans, je pouvais jongler, trimer, faire la bringue
et gagner des millions, le tout sans finir carbonisé.

Elle était venue de Philadelphie pour assister à un
dîner que je donnais dans le loft, servi par des éphèbes
en veste blanche de chez Glorious Food, tous des
œuvres d'art, occupés à faire circuler *le* canapé qui
rendait New York fou cette année-là, une minuscule
pomme de terre évidée pour accueillir un soupçon
de crème fraîche et une pointe de caviar. Ce soir-là,
Carmela était habillée en haute couture parisienne,
avec ses pendants en diamants et rubis, ses cheveux
noirs courts et frisés et ses yeux sombres d'Irlan-
daise, et elle avait débarqué avec un cadeau, deux
danseurs russes rencontrés dans la rue, deux vieux
hommes en uniforme de hussards avec leurs sabres,
qui avaient dansé pour nous, s'étaient inclinés, puis
étaient repartis. Carmela – il va de soi que ce n'était
en aucun cas son véritable prénom, lequel avait
disparu dans les courants d'air glacés de la très sélect
Miss Porter's School, l'institution d'élite réservée aux

riches héritières – était à New York pour assister à un spectacle au New York City Ballet et m'avait été amenée, pour mon malheur, par une amie, une fille incroyablement lumineuse du nom de Berry Berenson – petite-fille de Bernard Berenson, l'historien d'art qui avait possédé la Villa I Tatti –, qui, elle, devait mourir à bord du second avion à percuter le World Trade Center. C'est la théorie des six degrés de séparation, on côtoie les grands de ce monde, et puis tôt ou tard on est tous engloutis par le néant. Carmela avait de belles mains, la peau la plus splendide qu'on puisse imaginer, et tout ce qui sortait de sa bouche était doté d'un charme dont j'avais cru qu'il était perdu pour moi à tout jamais. Au milieu du dîner, alors qu'on parlait de photographie – son occupation principale –, elle avait levé la main pour esquisser un geste au-dessus du carré d'agneau, sa petite paume enroulée comme celle d'une enfant abritant un œuf, et alors j'étais tombé amoureux d'elle. À mon regard, elle avait su qu'elle passerait la nuit avec moi dans le loft.

Un jour, j'ai dit à Anne Kennedy – magnifiquement photographiée avec son exquise sœur Mame par Robert Mapplethorpe (encore une victime du sida), deux beautés éclatantes fixant l'appareil les yeux écarquillés, deux sœurs qui avaient débarqué de Connersville, dans l'Indiana, avec l'espoir de devenir le genre de filles qu'on voyait dans *Vogue* et le *New Yorker* –, j'avais donc dit à cette beauté pensive combien j'admirais le chemisier en soie vert menthe qu'elle portait. Elle avait écarté les mains, comme pour encadrer un tableau, avant de répondre : « C'est mon préféré. » Puis elle avait bougé douce-ment les bras afin de faire onduler le tissu. « J'aime la coupe, j'aime la couleur. » Pour moi c'était ça, avec Carmela : j'aimais la coupe, j'aimais la couleur.

Et malgré tout ce qui s'est passé, en dépit du fait qu'elle me cracherait au visage si on se croisait aujourd'hui dans Christopher Street, jamais je n'ai cessé de l'aimer, pas une seconde. Je n'ai pas eu la moindre parole méchante à son égard. Il ne s'écoule pas un jour sans que je pense à elle, avec l'amour le plus constant que j'aie eu la chance de connaître. Mon unique et grand amour, le roc d'affection qui me rappellera, par les nuits glaciales, que l'amour existe, qu'il est authentique, qu'il a une forme et un contour, et que d'un geste il peut vous conquérir et vous retenir d'une main ferme et douce.

Une fois tous les invités partis, alors que nous étions au lit après avoir fait l'amour pour la première fois, avec la tendresse et l'efficacité d'un couple marié depuis un demi-siècle, Carmela s'était hissée sur un coude pendant que je faisais glisser mes doigts le long de sa hanche, et elle avait annoncé : « Écoute. J'ai quelque chose à dire. Ou bien tout ça débouche sur un bébé dans les deux ans, ou bien je franchis la porte sur-le-champ. » Les larmes aux yeux, je l'avais embrassée avec en fond sonore le bruit des assiettes qui s'entrechoquaient tandis que les serveurs terminaient de débarrasser, et j'avais promis. Qu'elle aurait un bébé, dix bébés, qu'elle serait mère de l'année. Et c'est ce qui serait arrivé, elle aurait mis un enfant au monde comme elle avait tenu dans sa paume l'œuf imaginaire, si seulement j'avais tenu parole. Je ne l'ai pas fait. Ma honte est éternelle. Une semaine plus tard elle avait quitté son amant et son loft à Philadelphie, et elle accrochait ses vêtements dans mes placards. Au début de la deuxième semaine, elle se tenait dans la salle de bains, *ma* salle de bains, en train de se brosser les dents, et elle m'avait interpellé alors que je partais au boulot : « Chéri, nous n'avons plus de dentifrice. Tu voudras bien en acheter en rentrant ? » *Nous*. En dix jours. Ce soir-là, elle avait balancé mes billets pour le match des Knicks dans une des bennes à gravats du loft pour m'emmener au Lincoln Center voir *Sérénade*, de Balanchine, un de ses nombreux ballets préférés, comme tous ceux de Balanchine. La salle s'était tue, les magnifiques suspensions Spoutnik étaient remontées au firmament et le rideau rouge s'était ouvert dans ce sifflement singulier qui allait devenir le souffle de ma vie. Et là, sur la scène crépusculaire, dans des costumes éblouissants – des merveilles bleu saphir pâle d'une coupe tellement magnifique qu'on baptisa un cratère Balanchine, sur Mercure –, se tenaient dix femmes, les bras tendus vers le ciel, et au bout de chaque bras, j'avais retrouvé ce geste délicat de la main minuscule de Carmela ceignant son œuf. Comment pouvons-nous abriter pareilles splendeurs dans nos cœurs, malgré tout ce que nous avons fait personnellement pour souiller cette beauté, tous nos péchés par action et par omission, nos inexactitudes, nos faux départs et nos intentions mensongères, nos promesses sous cocaïne, dans le noir, jamais tenues ? On continue sa petite vie, on équeute les haricots, on sort le chien, on essaie de toutes ses forces de trouver dans la vie quotidienne le souvenir sacré, ce lieu où l'on vit dans une beauté et une terreur telles qu'on craint que le cœur lâche. Pourtant, il résiste. Le cœur tient, pour toujours.

Carmela n'avait pas besoin de travailler mais elle tenait à s'occuper, et elle était brillante dans sa partie. Elle prenait des photos. Elle habillait ses amies des robes haute couture de l'immense collection de sa mère, des compositions étincelantes et aériennes qui flottaient plutôt qu'elles ne tombaient au sol, toute la palette du génie de la mode dans les décennies d'après-guerre, et elle les photographiait. Ensuite elle s'enfermait dans sa chambre noire qu'Alan avait réussi à glisser dans un coin, là où dormirait un jour l'un de nos enfants imaginaires, et elle y révélait des images d'une grâce et d'une élégance infinies. Elle y passait toutes ses journées, elle prenait aussi les filles les plus ordinaires, des vendeuses, des serveuses rêvant d'une carrière de chanteuse de rock, jamais des beautés. Quand je rentrais le soir, les filles étaient reparties, Carmela avait verrouillé la chambre noire pour la nuit avec sa clef secrète, et nous nous retrouvions autour d'un dîner entre amis. On dégustait un plat exquis confectionné par elle et servi dans de la porcelaine, on coupait la viande tendre et les légumes croquants avec de l'argenterie de la collection Chrysanthème, le tout provenant de chez Tiffany et prêté indéfiniment par Gloria, la mère de Carmela. Un trousseau qui ne cessait de s'accroître et faisait partie de sa rente. Ces cadeaux somptuaires étaient à la mesure du senti-ment de culpabilité de Gloria, un des mille détails par lesquels cette dernière avait irrémédiablement bousillé sa fille. Puis nous sortions danser, en laissant dans l'évier la vaisselle, dont Abebe Adayeye, la femme de ménage nigériane, se chargerait le lendemain matin. On ne cassait rien. On ne jugeait pas notre existence fragile. On avait de l'énergie, de l'argent, et la jeunesse. On ingérait la vie avec la même aisance qu'un rail de cocaïne.

Dans le loft, les travaux se poursuivaient, mais Alan faiblissait. Un jour, alors que le soleil déclinait, il s'était assis à côté de moi dans une de ces chaises de banquier qui étaient aussi sa marque de fabrique. Nous observions silencieusement les ouvriers en train de suspendre au-dessus de la table en granit un lustre

Lalique à soixante-trois mille dollars que nous avions préalablement trempé dans de la peinture automobile rouge sang. « Je peux te prendre la main ? » m'avait-il demandé. Comme je la lui tendais, il l'avait prise doucement dans la sienne, si fine et légère. « J'ai froid tout le temps. En permanence. »

C'est la dernière conversation que nous ayons eue.

« J'ai peur, avait-il ajouté.

— Je sais, Alan. Tu ne peux pas imaginer combien je suis désolé.

— Je ne l'ai pas attrapé par celui que tout le monde croit responsable. Ce n'est pas lui. Dis-le-leur bien, à tous.

— Je te le promets.

— Et par pitié, ne chantez pas d'extrait de *Chorus Line* à mes obsèques.

— C'est promis. »

Lorsque j'ai revu Alan, il était en chambre stérile au New York Hospital, je portais une combinaison antiradiation et un masque chirurgical. C'est vous dire si on paniquait, à l'époque. Personne ne savait rien. Il était hagard, méconnaissable. Il avait tellement de tubes partout dans le corps qu'il ne pouvait plus communiquer autrement qu'en écrivant sur un bloc posé près de son lit. D'une main tremblante, il avait griffonné un mot qu'il m'avait confié. « Ce n'était pas lui. » J'avais plié la feuille avant de la glisser dans ma poche.

Lorsqu'il est mort, je n'étais pas à son chevet. Il a imaginé pour moi un espace qui faisait l'envie du monde entier, puis il est mort, et il est resté mort. Ce loft était un moteur rutilant, avec pour seule fonction d'accueillir toutes sortes de festivités, et ce n'est qu'après avoir vraiment pris possession des lieux que je me suis rendu compte qu'avec ses chaises de banquier, ses banquettes et son piano à queue, l'appartement n'offrait pas un seul coin intime. Nulle part où s'asseoir pour lire tranquillement un magazine. Il n'était conçu que pour accueillir une foule de gens éclatants qui ne portaient pas de combinaisons antiradiation. Seule la chambre noire de Carmela ressemblait à un espace privé, d'où elle émergeait en fin de journée, une douzaine de tirages en main. Elle savait que son travail était bon. C'est elle-même qu'elle ne jugeait pas à la hauteur.

« Tu ne m'aimes pas, me disait-elle, une fois que nous étions couchés.

— Bien sûr que si, je t'aime.

— Eh bien, disons que tu ne m'aimes pas assez.

— Et ce serait quoi, assez ? Comment pourrais-tu savoir que ça y est ?

— Quand tu y seras, je te le ferai savoir. » Sur ce, elle me tournait le dos dans l'obscurité, et nous dormions sans nous toucher.

Le lendemain matin, elle m'apportait le café au lit, et nous sirotions nos tasses en fumant et en fixant le mur face à nous, auquel elle avait punaisé des dizaines de photos.

Un jour, après mon départ pour le bureau, elle avait décroché tous les clichés, les avait emballés dans un sac à fruits en papier brun, puis les avait emportés à West Broadway, chez Sonnabend, la meilleure galerie du quartier. Elle avait parlementé pour rencontrer Ileana – l'ex-femme de Castelli – qui, obèse et en perruque, régnait avec une morgue majestueuse sur ce qui se faisait de plus exaltant en matière d'art, dans cette ville. Carmela avait vidé le contenu de son sac sur le bureau et, vingt minutes plus tard, Ileana programmait une exposition. En septembre, le point de frappe optimal. Ce n'était pas une question de chance, mais de ténacité et de talent. La ténacité d'une jeune femme manquant profondément de confiance en elle, comparable à celle de la mère qui, miraculeusement, se découvre capable de soulever une voiture pour dégager son bébé. Le vernissage avait été un triomphe, et un avenir éclatant s'ouvrait devant Carmela. Une fête avait suivi, au loft, avec cinq cents invités, y compris les serveuses apprenties saxophonistes, toutes dépourvues de charme, qui avaient posé pour les photos. Et puis un jour, au beau milieu des festivités, Alan avait dit adieu au monde. On avait écouté l'*Adagio* d'Albinoni au New York State Theater en contemplant une projection de diapos de ses plus beaux travaux. Diane Keaton avait pris la parole. Bette Midler avait chanté « I'll Be Seeing You ». Éros et Thanatos. Tôt ou tard, l'un des deux prendrait le dessus, et Alan sombrerait dans l'oubli. De même que les cinq cents invités du vernissage de Carmela, habitués des mondanités chez des gens qu'ils ne connaissaient pas vraiment, se demanderaient le lendemain au réveil, en regardant le café passer, à quoi ils avaient occupé la soirée de la veille.

Liquidation totale

Le jour même où je me suis fait virer de la Firme, Carmela a donc demandé le divorce. *Semper paratus.* Nous étions sans descendance. Le lendemain matin, je suis entré chez un concessionnaire Ferrari pour m'offrir une voiture à trois cent mille dollars, dont les sièges me martyrisaient le dos. Je l'ai achetée sur un coup de sang et l'ai conduite dans la douleur jusqu'au jour où il a fallu la sacrifier dans cette grande braderie qu'allait devenir ma vie. Carmela a tout obtenu. Je le lui ai donné de bon cœur, la main ouverte, jusqu'à ce qu'il ne me reste plus que la peau à vif. Je suis retourné vivre dans l'Illustre Taudis, que j'ai repeint en gris cuirassé, et que j'arpentais la nuit avec les rats. Mes costumes étaient encore impeccablement repassés, pourtant quelque chose flottait dans l'air, l'impression diffuse que le vent était en train de tourner et que j'étais totalement impuissant à le contrer. Carmela adorait le solitaire, quant à moi je n'y avais pratiquement jamais joué. Une fois réinstallé dans l'Illustre Taudis, j'ai pris l'habitude de m'asseoir par terre, en rentrant saoul et défoncé d'une boîte quelconque, pour y jouer compulsivement, une bouteille de gin posée à côté de moi. Je claquais les cartes par terre jusqu'à la dernière goutte de gin et l'effondrement qui s'ensuivait. *Flap. Flap. Flap.* Les cartes n'en finissaient pas de s'empiler. J'étais en deuil. Au bout de trois mois, j'ai réussi un tirage parfait, sur le sol crasseux de cet appartement qui avait abrité tant de débauche sexuelle, alors même que je vivais avec Carmela dans l'un des plus beaux lofts de l'une des villes les plus excitantes au monde. Toutes les cartes sont tombées en quatre séries impeccables, j'ai bouclé la partie et j'ai rangé le jeu pour ne plus jamais y toucher. Fin du deuil. Mais je n'en avais pas terminé avec Carmela, ni avec Alan, ni avec le lustre rouge toujours suspendu dans le salon désormais plongé dans l'obscurité. Rien de cette époque ne serait jamais derrière moi.

Cauchemar éveillé

Nous sommes assaillis de terreurs et de démons. Les cadavres jonchent les rues où nous marchons. Ils partagent nos banquettes de taxis. Ils chantent avec nous à l'église. Ils sont partout, les mourants. Hier encore vous lisiez leurs noms dans le Filofax que vous serrez contre votre cœur avec la passion que vous montriez jadis à vos amants. Chaque jour, vous barrez un nom et inscrivez un enterrement dans votre agenda – encore un costume noir, une oraison funèbre, une lecture d'Edna St. Vincent Millay, un extrait de *Chorus Line*, un numéro de claquettes et un nez rouge sur une table du Russian Tea Room, avec ses décorations de Noël à l'année. C'est ainsi que nos existences s'écoulent désormais. Autrefois, le désir était libre et la peau d'une douceur indicible. Tout ça a disparu. Plus d'invitations à danser, car la musique s'est tue. Le ciel azuréen, l'eau limpide s'en sont allés. Adieu les Bahamas, les séjours à Pink Sands, la palmeraie et le bungalow où la domestique prenait votre commande pour le petit déjeuner avant de vous souhaiter bonne nuit d'un geste de la main. Envolées, les boîtes de nuit, les soirées au Max's Kansas City à descendre des gin tonics et à se faire des lignes de cocaïne dans l'arrière-salle. Tout s'estompe, et certains soirs on n'a plus la force de s'accrocher aussi fort, de se débattre aussi sauvagement. On scrute la plus petite égratignure pour vérifier qu'elle cicatrise. La moindre toux est forcément fatale. Disparue, la beauté insatiable d'une partie de baise avec un inconnu. Les nuits avec des femmes. Les nuits avec des hommes. Le cœur de toute une décennie s'éteint dans votre poitrine. Désormais, tout contact, tout baiser est tragique, la voix du désastre chuchote à votre oreille pour vous arracher à cette extase charnelle. C'est la mort du plaisir, et nul ne peut espérer échapper au virus. Brusquement, tout le monde porte des préservatifs, habitude que vous aviez abandonnée depuis le lycée, et le sexe n'est plus que le prélude à la terreur embusquée. Il faudrait appeler le médecin, passer le test. Mais vous ne faites rien. Dans les premiers temps de l'épidémie, il faut attendre les résultats une semaine, pendant laquelle votre seule obsession est ce virus flottant peut-être dans une goutte de votre sang placée sur la lame du microscope.

D'abord, c'est votre coiffeur qui meurt, Benjamin Moss, un petit gars en piteux état, et c'est une vraie plaie parce qu'il vous coupait les cheveux à la perfection et qu'à New York il est plus difficile de changer de coiffeur que de religion. Et ensuite, tout le monde y passe. Ils meurent et ils restent morts. Envolés votre cœur, les espoirs de votre jeunesse. Vous vous répétez que vous n'êtes pas homosexuel. Que ce n'est pas à vous que ça arriverait. Puis Chemise, votre barman favori, marié trois fois, père de sept enfants, succombe après avoir enchaîné huit pneumonies en six mois, et vous vous rendez aux premières obsèques, qui, vous ignorez par quel miracle, ont lieu à la cathédrale St. Patrick, au son d'« Amazing Grace » entonné par des joueurs de cornemuse, un dernier cadeau des amis du défunt – une note à dix mille dollars, dit la rumeur –, tandis que sept solides gamins américano-irlandais pleurent leur père sans pouvoir s'arrêter. Et alors vous vous dites : *Finalement, peut-être que... Peut-être que cette fois-là. Ou cette autre fois.* Qui est capable de tout se rappeler dans les détails ? Sur les marches de l'église, Steven dit : « Qui aurait cru que Chemise était pédé ? » et vous vous demandez si, parmi ces sept enfants qu'il a conçus, il y en a qui sont porteurs de la maladie. Les journaux disent que le virus peut se transmettre par une larme. Qu'il suffit d'un éternuement. Vous savez que vous devriez vous faire tester, mais vous n'en faites rien. Vous avez pleuré, vous avez éternué, vous avez échangé des fluides corporels avec de parfaits inconnus des deux sexes et vous sentez dans votre cœur un pieu glacé que vous n'avez pas le courage de retirer. Tout à coup, l'amour est mortel. Comment est-on censé survivre ? Vous redoublez d'efforts à la salle de sport. Vous évitez la foule. Quelque chose en vous est brisé qui ne sera jamais réparé. Il vous reste toute une vie à écouler, des années et des années, et elles se présentent devant vous, stériles.

Puis c'est Adrienne. Une seule nuit avec le mauvais gars, vous jure-t-elle, et elle n'en finit pas de mourir, sauf qu'à chaque fois la médecine la ramène de force du côté des vivants. Elle passe à côté du sarcome de Kaposi et de ses plaies atroces, mais il n'en demeure pas moins qu'à vingt-cinq ans, elle est à la fois hypocondriaque et mourante, et votre amitié guillerette en prend un coup. Il est 3 heures du matin. Dans l'Illustre Taudis, le téléphone sonne.

« Mes veines sont bleues.

— Adrienne, tu as vu l'heure ? Je suis sûr que tu vas bien.

— Je les regarde depuis deux heures et elles sont de plus en plus grosses et de plus en plus bleues. Tu veux bien venir ? J'ai peur. »

Un mot impensable, dans la bouche de cette enfant gâtée et caractérielle qui pouvait exiger de son coiffeur qu'il « corrige » sa coloration quatre ou cinq fois dans la même semaine.

« Tu les fixes *depuis combien de temps* ?

— Deux heures.

— Et tu es où, exactement, dans ton appartement ?

— Dans la salle de bains.

— Et il y a quel genre d'éclairage, dans cette salle de bains ?

— Je ne sais pas. Du néon, j'imagine.

— Fais-moi plaisir : retourne dans le salon et regarde tes veines sous une lampe normale. »

Il y a une pause, le temps qu'Adrienne ramasse le chien miniature qui ne la quitte pas et qu'elle aille décrocher l'autre téléphone, au salon. Le déclic de l'interrupteur d'une lampe, puis : « Oh. Oh. Elles sont normales.

— C'était la lumière, Adrienne. Le néon. Maintenant retourne te coucher.

— Merci d'être là.

— Bonne nuit. Fais de beaux rêves. »

Et un jour, Adrienne se retrouve aux soins intensifs à l'hôpital St. Vincent, ratatinée, pas plus épaisse qu'un crayon, et moi je suis seul, Carmela est définitivement partie, et je ne sais pas quoi faire. Je ne sais plus rien. Je scrute mes propres veines. Elles sont bleues. Elles transportent le sang jusqu'à mon cœur. Je n'ai pas de cœur, ou du moins je n'en ai plus. Je suis sans boulot, sans avenir. J'ai trente et un ans, une voiture à trois cent mille dollars, une garde-robe qui remplirait un musée, mais je n'ai pas la moindre idée de ce que je dois faire, ou vais devenir. Je ne sais plus comment aimer. Les jours filent, et l'argent avec. À New York, quand on ne travaille pas, on dépense.

J'imagine le moment où il n'y aura plus rien. La terreur. Je ne dessaoule pas de la journée, même au volant de mon bolide dans les rues embouteillées d'une ville hostile. Je m'en sors miraculeusement indemne. Je ressens une certaine exaltation à envisager l'insondable néant qui s'offre à moi en guise d'avenir. Contraint et forcé, je finis tout de même par vendre la voiture. Je dîne avec des amis, je règle toujours l'addition en faisant fi de leurs molles protestations. J'appelle le désastre de mes vœux. Et la mort, pour mettre fin à ce calvaire.

Et chaque jour il en tombe davantage, dans une agonie atroce, le plus souvent seuls. D'abord, le regard change, puis la peau se tend sur les pommettes, et soudain le virus devient visible et on ne peut plus détourner les yeux. Le moindre contact est désormais suspect, le moindre geste suscite le soupçon. Dans *In Utero*, en 1993, Kurt Cobain chantait : « Everyone is gay », tout le monde est gay, mais il était déjà trop tard, et ce qu'on entendait, nous, c'était : « Tout le monde est mourant. » Qui s'en souvient, aujourd'hui ? Toute une génération d'hommes cheminant dans un immense terrain vague, alors que la suivante sirote joyeusement des mojitos en plaisantant, au bord de la piscine du Standard à Palm Springs. Ceux-là sont tellement arrogants, tellement sûrs d'eux. Jamais leur peau ne se couvrira de plaies purulentes. Ils font l'amour sans protection, jouent le tout pour le tout, car même s'ils sont contaminés, l'infection ne sera rien de plus qu'une maladie chronique, comme le diabète. Alors qu'Adrienne gisait dans son lit à St. Vincent, accrochée à une batterie de tubes, je lui ai fait envoyer une brassée de tulipes pour lui remonter le moral. Elle n'en a pas aimé la couleur. Elle a arraché sa perf en hurlant, a fait renvoyer les fleurs et en a exigé de nouvelles, que, bien sûr, elle a obtenues aussitôt.

Je ne suis pas comme eux, je me le répète en boucle tandis que ma mémoire fait le tri entre ce qu'il faut garder et jeter. Mais au beau milieu de la nuit, dans mon lit étroit, dans l'obscurité de cet appartement où je m'étais juré de ne pas remettre les pieds, j'entends leurs voix. Je les entends me parler. Ils disent : « On meurt, et on reste mort. »

Debout sur la table

Le film avait mal commencé, et il avait duré une éternité. Seule la scène finale avait été plutôt drôle, dans le genre « et si je foutais ma carrière en l'air ». Mais entre le premier plan où deux types se toisent au-dessus de leur espresso dans une salle de réunion, et celui où l'un des deux gerbe dans la rue à minuit, putain, il y avait eu des longueurs.

Déjà, le choix de la lavallière Charvet était une très mauvaise idée. Mon client, Dick Miller, avait fait fortune en achetant plus de Lavomatic que n'importe qui dans le monde. Il vivait à Beanstalk, dans l'Idaho ou un État de ce genre, c'était un type aux goûts simples, et carrément alcoolo. La lavallière, c'était pour lui en mettre plein la vue et lui hérisser le poil, même s'il était clairement ignorant en matière d'élégance. Ce qu'il savait en revanche, c'est que cette cravate avait l'air trop chère et que, d'une certaine manière, je me la payais avec son fric. Il y avait aussi le costume Brioni, et les chaussures Lobb cirées jusqu'à l'éblouissement – une suite d'erreurs impardonnables. Dans son costume informe et ses chaussures Florsheim à semelles de crêpe, Dick Miller n'était visiblement pas d'humeur à plaisanter. Pourtant le voyage dans son jet privé n'avait pas dû être trop éprouvant, d'autant qu'il avait débarqué à Teterboro dans un brouillard qui devait autant à l'alcool qu'à la météo.

Installé en face de moi dans la salle de conférences pour passer en revue son gigantesque portefeuille ligne à ligne, Dick Miller avait posé son porte-mine aux environs du centième titre pour exiger : « Whisky. » Une bouteille de dix-huit ans d'âge était prestement apparue devant lui, ainsi qu'un verre et un seau à glace, le tout sur un plateau d'argent présenté par un serveur en veste blanche. « Remballez-moi cette foutue glace et laissez la bouteille », avait-il aboyé. Il était 10 heures du matin. La théorie de Dick Miller était la suivante : Comment espérer rester saoul toute la journée, à moins de commencer à boire dès le matin ?

J'avais beau être encore un peu ivre de ma soirée de la veille, qui s'était terminée sur le coup de 5 heures, j'aurais tué pour un verre. Je sentais la sueur s'accumuler au bas de mes reins et ma chemise Turnbull se tremper malgré la clim.

La réunion avait duré sept heures et nécessité deux bouteilles de whisky. Malgré ça, mon client était aussi lucide à la fin qu'en arrivant. D'ailleurs, notre inventaire était parfaitement superflu : il connaissait son portefeuille par cœur.

On en était à la conclusion, à savoir les implications fiscales des différents mouvements de fonds dont la Firme se chargeait pour lui. J'étais aussi sobre qu'une palourde et lui de plus en plus irascible à mesure que le temps passait. J'avais tenté de lui expliquer les subtilités de la chose, mais il m'avait coupé net. Il s'exprimait avec la diction du type qui picole depuis des heures, c'est-à-dire en articulant exagérément : « Les impôts, c'est du vol. Combien ils vont me piquer, cette année ?

— C'est le prix à payer pour vivre dans une société libre, avais-je rétorqué.

— Ces salopards de Washington devront me passer sur le corps s'ils comptent m'arracher le moindre penny. Le gouvernement, j'y crois pas. Tous des saloperies de sangsues. Ça fait vingt ans que j'ai pas voté. T'as quel âge, quatre ans, ou quoi ? Fais-moi disparaître tout ça, sinon je reprends mes billes et je passe à la concurrence. Je vous apporte un cadeau, un gros bonbon à la menthe, bordel, et vous voudriez que je paie des impôts ? C'est une blague ? Les impôts, c'est pour les imbéciles. »

Et il avait siphonné son verre. Le trentième, à vue de nez.

« Bon, où est-ce qu'on croûte ? Je déteste la bouffe, à New York. Je déteste New York. »

J'avais suggéré plusieurs adresses, du genre totalement inaccessibles à moins d'avoir en poche *le* numéro spécial, et non celui dans l'annuaire auquel personne ne répondait.

« Nan. Fiston, on va au Russian Tea Room. Ça, c'est un restaurant. »

À la simple idée d'ingurgiter du solide, mon estomac faisait des vrilles, mais un mot avait suffi à faire remonter mon moral en flèche : cocktails. Dick Miller était le genre de client avec lequel on n'avait pas à s'inquiéter question biture : il était déjà tellement fracassé par sa cure de whisky qu'il serait trop heureux d'avoir de la compagnie pour la suite. Il buvait comme un trou d'obus.

La limousine nous avait déposés au 150 de la 57e Rue. Nous avions pénétré dans l'immense salle ornée de ses éternelles décorations de Noël. Les guirlandes pendouillaient des poutres et des serveurs rougeauds en uniforme de hussards étaient postés aux quatre coins de la pièce. En termes de service imbuvable et de prix scandaleux, le RTR était imbattable, et je commençais à me sentir au bon endroit au bon moment.

Deux bouteilles de vodka glacée étaient apparues sur notre table, ainsi que des assiettes de caviar servi à la louche. Dick s'était mis à boire et à manger avec voracité, sans tenir aucun compte des prix. Il devait penser qu'avec les trois cent cinquante millions qu'il avait investis à la Firme, il était de notre devoir de lui faire passer un bon moment et, si le Russian Tea Room avait proposé des stripteaseuses, il en aurait commandé quelques-unes avec son caviar. Mais il n'était pas question de stripteaseuses, aussi Dick avait-il décidé de se contenter d'une longue soirée de plaisirs gastronomiques et de s'empiffrer des plats atroces proposés dans ce menu grotesque. C'était tellement mauvais que c'en était presque touchant. Pour ma part, je me réjouissais de sentir les premiers effets de la vodka, rendant à mon cœur tout son optimisme.

Dick était un gars fréquentable, ce qui veut dire qu'à condition d'avoir sa dose d'alcool et de plaisirs sensuels, il savait se montrer drôle, dans le registre polyester. Il énumérait les anecdotes sur sa grosse épouse, Marion, sur sa collection de voitures – trente-sept au total – et sur ses gosses demeurés. Le tout était vraiment divertissant, et je m'étais brusquement senti heureux de sa compagnie. Une certaine joie de vivre planait dans l'air, me calmait l'estomac et effaçait de mon esprit les chiffres qui l'avaient torturé toute la sainte journée. Dick avait le profil du gars qui terminerait la soirée en exigeant une pute hors de prix, certain qu'on la lui offrirait, comme tout ce qui serait susceptible de lui faire plaisir. Le roi du Lavomatic n'avait pas dû baiser depuis six ou huit semaines, en tout cas pas avec une jeunesse à la peau douce, perchée sur des talons de dix centimètres.

Mais en attendant, il fallait se taper du bortch, seule spécialité que le RTR parvenait à ne pas massacrer, et s'ils avaient eu un compteur comme chez McDonald's pour indiquer le nombre de portions servies depuis l'ouverture du restaurant, les deux chiffres auraient été assez proches. Plus d'un trillion d'assiettes de bortch vendues, picorées, et renvoyées en cuisine à peine entamées.

Après la vodka, Dick avait exigé du vin, et j'avais opté pour une bouteille à quatre cents dollars. On nous l'avait apportée à table très cérémonieusement, avant que le sommelier la débouche pour la faire goûter à Dick. Ce dernier avait fait tourner le vin dans son verre ballon. Puis il avait bu, et recraché. Non, vous ne rêvez pas. Il avait recraché le vin par terre, éclaboussant les chaussures poussiéreuses du sommelier, et il avait lancé : « Qu'est-ce que c'est que cette eau de vaisselle ? Donnez cette bouteille à mon ami qui est là, et dégottez-moi un *vrai* bordeaux. Trouvez-moi ce que vous avez de plus cher en vin rouge. *Sur-le-champ.* »

De minuscules adolescents arméniens s'étaient mis à frotter frénétiquement le tapis centenaire tandis qu'on nous apportait la bouteille honteusement chère, vieille de plusieurs décennies et recouverte de poussière. L'empereur de la laverie avait approuvé du bout des lèvres. « J'en sers du meilleur au *déjeuner*, avait-il tonné. À des gens que je *n'aime pas*. » Il s'était soudain tourné vers le serveur. « Comment tu t'appelles ?

— Dimitri, monsieur.

— Ce sera Louis. »

Dick avait extrait un billet de cent dollars de la grosse liasse qu'il trimballait dans sa poche et l'avait tendu à Dimitri. « Eh bien, Louis, la vie est trop courte pour boire du mauvais vin. Si je voulais avaler de la piquette, je ferais en sorte d'être pauvre comme toi.

— Oui, monsieur. »

Il avait attendu qu'on le serve largement, puis regoûté le vin. « Buvable. Pas extraordinaire, mais buvable. Maintenant fais dégager ces gamins de mes pattes et aboule la bouffe. »

Il avait renvoyé chaque plat en cuisine au moins une fois. Les effets de la vodka allaient croissant, et j'appréciais de plus en plus Dick et ses trois cent cinquante millions de dollars. Sous son costume Haspel, c'était un bon gars. Jovial. Vulgaire. Bête comme un sèche-linge. Et vu qu'il buvait comme une éponge, il n'était pas en état de remarquer ce que je m'enfilais moi-même, ou à quelle fréquence j'allais aux toilettes me rafraîchir.

Il y a quand même des trucs ultra-bizarres, au Russian Tea Room. Ces décorations de Noël. Ces serveurs octogénaires qui s'appellent tous Boris ou Dimitri. Le temps s'est arrêté. On erre égaré dans les brumes de l'alcool qui parviennent à nous convaincre que quarante dollars, c'est un prix raisonnable, pour un bol de soupe. C'était ainsi, dans les années 1980, à New York – l'âge d'or des notes de frais où personne ne payait vraiment rien, hormis le pauvre gars de Denver qui regardait son match de foot sans savoir qu'ailleurs on renversait des bouteilles de vin à quatre cents dollars par terre, ruinant au passage des tapis centenaires et mités.

On avait commandé des blinis avec nos louchées de caviar, plusieurs fois de suite, et du bortch, du chachlik et du bœuf Stroganoff, et un tas d'autres plats dont je ne connaissais même pas le nom. Les serveurs tournoyaient autour de la table comme des abeilles affairées, remplaçant sans cesse les énormes couverts en argent.

Dick s'était mis à me raconter comment sa femme Marion était au lit – pas vraiment une chaudasse – et comment c'était avec d'autres femmes – fantastique –, et aussi de quelle taille était sa bite – gigantesque. Bien plus grosse que la mienne, ce dont j'avais eu la preuve incontestable quand on était allés les comparer aux toilettes. C'était un homme courtaud, avec une armada de machines à laver et de sèche-linge et aussi une grosse bite, et ça le rendait de plus en plus heureux à mesure que l'heure avançait – parallèlement, ma propre humeur s'était assombrie quand je m'étais rendu compte qu'en matière de taille, qu'il s'agisse de queue ou de portefeuille, je n'arriverais jamais au niveau de Dick, c'est-à-dire au sommet.

Même les Dimitri et les Boris aimaient de plus en plus Dick, au fil des billets qu'il tirait de sa liasse. Il le faisait aux moments les plus incongrus, quand un pauvre serveur minable passait par hasard à sa hauteur. « Tiens, lâche-toi. Va me chercher une bouteille de ce vin. » Et une fois qu'il avait eu épuisé toute leur réserve, il avait exigé des millésimes encore plus extravagants, que bien sûr ils avaient dans leur cave.

Les illuminations de Noël s'étaient mises à clignoter et à tournoyer, et je sentais venir le moment où Dick arrêterait de renvoyer ses plats en cuisine et ferait des remarques de moins en moins subtiles sur les filles russes, et sur ce qu'il avait entendu dire de leur beauté et de leurs mœurs licencieuses.

« Il faut que tu goûtes ce poisson », avait-il lancé à un moment.

J'avais décliné, deux fois, mais il avait insisté, avant d'attraper un gros mollard flottant dans une mare de crème épaisse et de le déposer sur la nappe. « Mange ça, avait-il ordonné. C'est divin. » Et, une fois raclé sur la nappe, ça l'était.

Dick et moi, on s'amusait bien. Du moins il m'avait semblé, sur le coup. Les autres clients en revanche n'avaient pas l'air de trouver ce cirque très drôle, et les additions avaient commencé à pleuvoir autour de nous.

Un des Dimitri avait mentionné l'arrivée imminente d'une fille – dix-neuf ans, et rompue à des plaisirs inconnus sous nos latitudes. C'est alors, l'estomac retourné par tout ce caviar et ces plats pas assez chauds ou trop salés, par les milliers de dollars de vin que j'avais personnellement ingurgités et par deux grammes de poudre à canon péruvienne, que j'avais décidé que la seule chose qui manquait à cette soirée, une sorte de transition entre le brandy et Natacha, c'était un bon numéro de danse, et comme on n'est jamais mieux servi que par soi-même, j'avais entrepris de m'y coller. Aussi avais-je bondi sur la banquette rouge, puis, de là, sur la table, et m'étais-je mis à beugler « Hava Nagila » à pleins poumons – dont je connaissais bien les paroles grâce aux milliers de bar- et de bat-mitzvah auxquelles j'avais assisté, du moins la partie « Hava Nagila ». La salle, déjà désertée, s'était alors totalement vidée, à l'exception de nous.

Le coup de grâce peut provenir d'une énormité ou d'un détail minuscule. Parfois, on le remarque à peine. Le fil lâche, et le bouton de votre veste roule au sol. L'ampoule qui vous titillait le talon depuis des semaines éclate enfin. Ou bien vous laissez échapper l'indicible, qui ne pourra plus jamais être retiré. Vous le dites non pas parce que c'est intelligent, opportun ou gentil, mais simplement parce que c'est là, dans l'air, attendant son heure. Vous lâchez la bombe. Vous déconnez au boulot et vous ne trouvez personne à qui faire porter le chapeau. Moi, j'ai dansé.

Malgré le brouillard éthylique dans lequel je flottais, je sentais bien que je me lançais dans une aventure périlleuse. Pourtant j'ai dansé. Je suis monté sur la banquette, déchirant le cuir sur lequel, outre des milliers de touristes ébahis, tous les postérieurs célèbres de New York s'étaient assis, puis je me suis hissé sur la petite table ronde pour danser le kazat-chok, en tonnant « Hava Nagila » avec toute la fougue de ma jeunesse. Comment aurais-je pu mieux exprimer la joie d'avoir passé la soirée avec Dick Miller, grand manitou de la laverie, neuneu flamboyant du Midwest sur le point de baiser ? À cet instant, j'adorais littéralement Dick Miller.

Les assiettes et l'argenterie avaient volé dans tous les sens, s'atomisant aux quatre coins de la pièce, causant un grand émoi parmi les petits Arméniens affairés. La panique qui gagnait le personnel du restaurant n'avait pas entamé mon enthousiasme, ni mes prouesses vocales. Mes quatre-vingt-cinq kilos de muscles en béton étaient un vrai défi pour cette table, laquelle avait fini par céder dans un craquement sinistre, et j'avais atterri sur le dos au milieu des décombres, taillant au passage une large déchirure dans mon costume Brioni bleu ciel, sans parler de mon cul. En quelques secondes, mon boxer blanc immaculé de chez Turnbull & Asser à Londres s'était imbibé de sang. Il allait falloir me recoudre le derrière ; quant au boxer, il était irrécupérable – un drame, vu que c'était mon préféré.

Pile au moment où la table s'effondrait, Natacha était entrée, une fille époustouflante avec une crinière blonde qui ne devait rien à la nature, une micro-jupe en cuir rose ainsi qu'une volumineuse veste en fourrure mauve. Elle portait plus de maquillage que n'en compte le stock courant de Bloomingdale's. Dick Miller avait lâché un rire tonitruant et quelque peu dessaoulé à la vue de cette apparition et de son garde du corps, lequel s'était présenté comme l'oncle de la créature. Le genre de baraque capable d'écrabouiller une Volkswagen d'une main, avec des poils qui lui sortaient des oreilles et des narines et jaillissaient dans tous les sens du col distendu de son gros pull. Je suis certain qu'il avait aussi une arme planquée quelque part.

Il avait fallu deux hussards et deux Arméniens pour me relever, tandis que je m'acharnais à prolonger mon kazatchok dans le sang et les éclats de verre, alors qu'il était évident que Dick ne voulait qu'une chose, c'était rentrer fissa avec la pulpeuse Natacha au Marriott de Times Square – toujours économe, c'est là qu'il descendait, à New York, se préparant son café le matin avec la machine-à-espresso-une-tasse à disposition dans chaque chambre, avec des échan-tillons d'édulcorant et ce lait en capsule qui ne tourne pas même au bout de mille ans. Sans cesser de danser et de saigner comme un cochon qu'on égorge, j'avais agité ma carte American Express en direction des serveurs, lesquels avaient retrouvé le sourire et surgi dans la seconde avec la note. Tout me rendait hilare, mais le pompon était le chiffre en bas de l'addition, quatre mille dollars rien qu'en vin, et plus de cinq mille pour un dîner pour deux à peine mangeable.

L'oncle velu avait accepté l'énorme liasse de billets que Dick lui avait mise dans la main, et il n'avait pas fait le compte – même lui était capable de tact. Natacha ne parlait pas un mot d'anglais, mais avait su faire comprendre qu'elle était prête à tomber la veste en moumoute et à faire affaire avec ce Dick qu'elle dépassait d'une bonne tête.

Pour conclure la fiesta, le hussard le plus baraqué avait fini par me balancer un coup de poing dans le ventre, puis un coup de pied tandis que je gisais parmi les décombres. Quelle partie de rigolade. Fini le kazatchok pour cette nuit. Je sentais déjà l'odeur de formol des urgences.

Il avait fallu une petite armée pour m'extraire de là, même après que j'eus laissé un pourboire exorbitant afin d'expier mes péchés. J'ignorais comment, je m'étais retrouvé avec une guirlande autour du cou, et le sang s'écoulait toujours à gros bouillons de mon postérieur.

Sur Central Park South, la limousine n'avait pas bougé pendant les quatre heures qu'avait duré le dîner. Le chauffeur avait fini par s'endormir mais, une fois réveillé, il avait compris d'un coup d'œil qu'il avait un sérieux problème sur les bras. « Super soirée », avait dit Dick, juste avant que je lui gerbe sur les pompes.

« Putain, mon vieux ! s'était-il exclamé. C'est franchement déplacé. »

Il avait retiré ses chaussures et ses chaussettes et, dans une démonstration de force herculéenne, les avait balancées dans Central Park – enfin, dans sa direction. « Inacceptable », avait-il ajouté en se glissant pieds nus dans la limousine avec Natacha avant de disparaître dans la nuit en me laissant brisé et sanguinolent sur le trottoir. J'avais faiblement agité la main en signe d'au revoir, et quelque chose m'avait dit qu'il s'agissait plutôt d'un adieu.

Aux urgences, on m'avait retiré les éclats de verre du derrière sans me poser la moindre question, et renvoyé chez moi à 3 heures avec sept points de suture. Un vrai marathon, ces festivités, si l'on considérait qu'elles avaient commencé la veille à 7 heures du matin. Ça me paraissait à des années-lumière.

Les draps étaient frais et soyeux, Carmela dormait paisiblement – mille fois plus belle qu'une Natacha – avec ses cheveux et sa peau qui irradiaient à la lueur des réverbères. Le clair de lune. La peau laiteuse comme des pétales de pivoine blanche. Une femme de qualité. Je l'avais imaginée en fourrure mauve, et j'avais soudain eu désespérément besoin de laver mes plaies dans ses eaux douces. Aussi avais-je tenté de la réveiller, mais elle m'avait repoussé d'un coup d'épaule.

« Tu es saoul. J'étais saoule moi aussi, mais maintenant je dors. Laisse une pauvre fille tranquille, pour une fois. »

J'avais essayé de dormir, mais impossible, aussi m'étais-je levé d'un bond à 6 h 30 tapantes pour prendre une douche revigorante, avant de me pointer comme une fleur au bureau à 7 h 30, impeccable – si ce n'est que je ne pouvais poser les fesses sur une chaise. Un des types du *front office* s'était planté face à moi, m'avait détaillé des pieds à la tête et, devant les diverses plaies, coupures et brûlures sur mon visage, il m'avait gratifié d'un : « Je voudrais bien voir la tronche de l'autre type. » Ce qui signifiait que ma folle nuit n'allait pas passer tout à fait inaperçue.

À 9 heures, lors d'une brève réunion, on m'avait fait savoir qu'on me retirait le portefeuille de Dick Miller, mais que je n'avais pas à m'inquiéter, qu'il me restait mille occasions d'exercer mes talents sataniques. J'étais capable de faire fructifier un caillou, avait-on plaisanté.

J'avais fait envoyer à Dick Miller un bon cadeau pour une paire de John Lobb et enchaîné sur ma journée, debout, maniant des instruments financiers complexes avec la même dextérité qu'Obi-Wan Kenobi le sabre.

Mais c'était la fin, et je le savais. À partir du moment où l'on craint de se faire virer, ça arrive. À mesure que les jours passaient, et en dépit de ma conduite irréprochable, la rumeur se propageait et enflait, si bien que, peu à peu dépouillé de tous mes comptes clients, j'avais finalement été convoqué une dernière fois dans le bureau du grand chef.

La confusion est si prompte à s'emparer de nous, même dans notre gloire la plus éclatante. Il suffit d'un battement de cils.

La ballade de la grande putain

La rue n'était pas solide. Elle était même aussi mouvante qu'une rivière, l'asphalte et le ciment ondulaient, grouillaient de rats, de toxicos défoncés au crack et de putes. J'en sentais les courants dans mon corps. Rien n'était stable, tout bougeait en permanence, ça criait, ça volait, ça se battait. L'année qui a suivi mon retour dans le Taudis, je me suis fait agresser cinq fois. Dont deux en plein jour, et une avec une lame sur la gorge. J'avais appris à avoir toujours assez de liquide sur moi pour que le toxico de base se satisfasse de sa prise. Je ne pouvais pas me permettre de sortir les poches vides dans l'idée de ne rien avoir à donner si je me faisais attaquer, mais pas question non plus de risquer le contenu de mon maigre compte en banque et de tout me faire voler d'un coup.

Une fois, les types m'avaient eu en plein jour, et ils s'y étaient tellement bien pris que ça m'avait sidéré. L'un d'eux m'avait bousculé, un petit coup à l'épaule, assez courant dans une rue plutôt fréquentée. Au même instant, deux autres types m'avaient attrapé et tiré les bras dans le dos, tandis qu'un quatrième fourrait les mains dans mes poches pour siphonner tout le liquide. Bouclé en moins de dix secondes. Impressionnant.

À présent que les cartes de crédit sont partout et que plus personne n'a d'argent sur soi, le vol à la tire est une profession menacée.

Dans ma rue, il y avait deux hôtels et quatre parkings, si bien que le vacarme était insupportable, quelle que soit l'heure. Pendant la journée, c'était un concert incessant de klaxons – à cause des entrées et sorties des parkings, la circulation était très ralentie, parfois presque au point mort – et la nuit, les monstrueux camions poubelles, omnivores rugissants, s'arrêtaient tous les dix mètres le long du trottoir pour enfourner des montagnes de détritus.

Je m'étais attaqué à Proust pour me distraire dans l'attente d'un coup de téléphone, ou d'une lettre en réponse à mon CV. Il m'avait fallu six mois pour en venir à bout, pendant lesquels pas un coup de fil, pas une lettre n'étaient venus me déranger dans ma lecture. Depuis lors, j'ai cette conviction inébranlable : *La Recherche* est le plus grand chef-d'œuvre du XXe siècle, tous arts confondus. Autre conviction qui naquit à cette époque : tous les agents de recouvrement de créances – et j'ai eu l'occasion d'en fréquenter un certain nombre – ont été brutalisés à l'école primaire.

J'avais lu Proust et m'étais fait agresser. Ce furent mes deux activités principales cette année-là. Dans les deux cas, des expériences marquantes et formatrices. J'avais aussi appris que, lorsque je rentrais saoul d'un bar en pleine nuit, il était plus sûr de marcher au milieu de la rue. À 2 heures du matin, il y avait peu de circulation et, depuis la chaussée, il était plus compliqué de vous traîner jusqu'à une ruelle sombre pour vous dépouiller. C'est comme ça que j'avais connu les putes.

La 35ᵉ Rue, c'étaient les Nations unies de l'abat-tage. Des femmes de toutes origines ethniques, cultu-relles et sexuelles tapinaient là, en général au beau milieu de la chaussée, se précipitant sur les trottoirs lorsqu'une voiture déboulait à vive allure, puis repre-nant comme si de rien n'était leur marche languis-sante sur l'asphalte. Elles étaient toutes affublées de minuscules sacs à main et d'une sucette dans la bouche. Elles interpellaient les voitures qui passaient, dévoilant leurs atouts d'un air lubrique, braillant des offres irrésistibles aux feux arrière des véhicules qui rentraient dans le New Jersey.

D'autres types en maraude préféraient remonter très lentement la rue, avec les putes collées à leurs portières qui essayaient de conclure un marché avec le bagout d'un trader fourguant ses obligations pourries. La plupart du temps, la voiture s'arrêtait et la fille montait en secouant le derrière en signe de victoire à l'intention des autres tapineuses, et puis l'engin disparaissait dans le noir, pour recracher la fille au même endroit trente minutes plus tard.

Il y en avait une qui dominait toutes les autres. Littéralement. Elle devait mesurer un mètre quatre-vingt-dix, et portait en plus les chaussures à semelles compensées en liège les plus hautes que j'aie vues de ma vie. Elle était sculpturale. Mais elle ne devait pas avoir plus de dix-neuf ans et, malgré ses proportions gigantesques, avait conservé le charme de l'enfance.

Quand je passais à proximité, elle m'appelait d'une voix douce : « Tu n'as pas envie de passer un vrai bon moment ? Laisse Holly te montrer ce qu'elle pourrait faire pour toi. » Je ne répondais pas à ses avances même s'il m'arrivait de me dire que, si, bon sang, j'aurais donné cher pour passer un vrai bon moment. Encore eût-il fallu que j'en aie les moyens.

Holly était absolument magnifique. Quand la soirée était fraîche, elle portait une courte veste de fausse fourrure rose, ce qui ne réchauffait guère ses longues jambes, et elle était forcément congelée, mais quelles que soient les circonstances, Holly ne montrait jamais son inconfort. À la voir déambuler, on aurait pu croire qu'elle se baladait par une nuit d'été sur Worth Avenue, à Palm Beach, en Floride. Elle était l'étoile étincelant au sommet du sapin de Noël des putes. Quand une voiture approchait un peu trop vite, les autres filles se dispersaient comme des poules apeurées, mais elle continuait à marcher nonchalamment au milieu de la rue, forçant le conducteur à ralentir, à prendre la vie au rythme d'Holly, jusqu'au moment où elle bifurquait légèrement, d'un cheveu à peine, pour laisser le véhicule passer. Parfois une main se tendait par la vitre pour lui empoigner les fesses, mais elle l'écartait d'une petite tape comme s'il s'agissait d'un moustique importun, en soupirant « Oh, doux Jésus ».

Une nuit, après une longue enfilade de cocktails chez P.J. Clarke's avec Fanelli qui continuait à m'appeler régulièrement, nous étions restés quelques minutes enlacés tous les deux dans la rue à nous lamenter sur mon sort avant de nous séparer, lui pour prendre un taxi en direction des beaux quartiers, moi pour rentrer à pied dans les bas-fonds, vu que j'étais complètement fauché. En mettant la main dans ma poche de veste, j'avais senti puis extirpé cinq billets de cent dollars que Fanelli avait glissés là tandis que nous pleurions sur l'injustice de la vie et louions notre indéfectible amitié. Je me sentais comme l'empereur d'Éthiopie. Je n'avais plus possédé pareille somme en liquide depuis des mois. J'avais sangloté un moment devant cet acte de subtilité et de gentillesse avant de héler un taxi, un vrai taxi jaune new-yorkais. J'étais trop bourré pour articuler mon adresse et m'étais contenté de lui demander de me déposer au coin de la 5ᵉ, puis j'avais descendu la 35ᵉ, la rue des agressions et des rêves brisés, d'une démarche mal assurée. Holly m'avait interpellé et, cette fois-ci, je m'étais arrêté. J'avais cinq cents dollars en poche et l'envie de passer un vrai bon moment. Aussi m'étais-je avancé en titubant, pour me rendre compte, de près, qu'Holly était un travesti. Un grand garçon. *Bon*, je m'étais dit, *et après ?*

Sauf qu'avant d'avoir pu ouvrir la bouche, je m'étais étalé comme une crêpe. Bien à plat. J'avais senti mon nez craquer et le sang s'était aussitôt mis à gicler.

« Oh, mon grand », avait lâché Holly. Elle faisait au moins trente mètres de haut. « Toi, tu en as pris un de trop. » Elle avait traîné mes quatre-vingt-cinq kilos jusqu'au trottoir avec la même facilité que si j'étais une poupée de chiffon, avant de me remettre debout. « Holly va te ramener chez toi, mon grand, et elle va te réparer. Ne t'inquiète de rien. »

Le sang détrempait mes vêtements, l'une des six bonnes chemises qui me restaient et que j'avais sortie en l'honneur de Fanelli, pour ne pas avoir l'air trop pitoyable. L'effectif était désormais tombé à cinq. Le sang et le coton Géorgie longue-soie ne font pas bon ménage. Ma grand-mère disait toujours que la seule tache impossible à retirer était le jus de pêche – elle nous mettait systématiquement en garde quand on s'attaquait à une pêche bien mûre –, mais le sang se classe juste derrière.

L'espace d'une seconde, j'avais songé à l'état de mon appartement sordide, à la vaisselle sale datant d'une semaine, aux chemises et aux chaussettes crasseuses, aux rats et puis je m'étais dit : *Et merde. C'est une pute à cinquante dollars. Elle a tout vu.* Je l'avais laissée me traîner jusqu'à la porte de mon immeuble. Dieu sait comment nous avions réussi à monter les cinq étages jusqu'à mon appartement.

Après trois tentatives infructueuses, j'avais dû laisser Holly ouvrir la porte. Elle avait glissé la tête à l'intérieur et s'était exclamée : « Mon grand ! Il y a eu une explosion ici, ou quoi ! » Tout ce que disait Holly se terminait par un point d'exclamation, comme si elle venait de découvrir une nouvelle planète ou bien le quatrième principe de la thermodynamique. Une broutille, quoi. « Chéri ! La cuisine ! Où est la salle de bains ! Est-ce que tu as des disques de coton ! » La probabilité que je puisse avoir ce genre de choses était à peu près la même que de voir Marie-Antoinette débouler en jean. Pas gagné.

« Quel dépotoir ! Un charmant jeune homme comme toi ! Pourquoi vis-tu dans un champ de ruines pareil ! » Tout comme le personnage dans son ensemble, la manière de s'exprimer d'Holly était totalement fabriquée, tirée de vieux films et de magazines féminins. Elle n'avait pas vraiment dit « Quel dépotoir ! », mais il était évident qu'elle brûlait de le faire, avec en prime un geste éloquent.

Elle s'était précipitée dans l'appartement, m'avait fourré un tampon de papier-toilette dans les narines et nettoyé le visage avec un torchon propre qu'elle avait déniché par miracle, puis elle m'avait débarrassé de ma chemise. « Mon Dieu, quel ventre ! » s'était-elle exclamée. Je faisais trois cent cinquante abdos par jour pour entretenir les vestiges de ce que mon entraîneur personnel s'était donné tant de mal à créer. Mon corps, qui était jadis une œuvre d'art, s'atrophiait, mais je faisais ce que je pouvais. Des

pompes, cent cinquante. Des abdos, jusqu'à épuisement. Ça passait le temps, et j'en avais à revendre,
même en lisant tout Proust – et quand le téléphone
sonnerait enfin, le soldat serait prêt à reprendre du
service. Les appels n'étaient pas fréquents, hormis
ceux de Mr. McDermott et de Mrs. Willoughby pour
le compte de leurs agences de recouvrement respec-
tives, ainsi que d'autres vautours du même acabit,
mais je n'avais pas abandonné l'entraînement pour
autant. Parfois, je mettais les fâcheux sur haut-parleur,
et je faisais des abdos pendant qu'ils énuméraient les
nombreuses calamités qui allaient me tomber dessus.
Dans le silence proustien, c'est ce qui me tenait lieu
de conversation.

Holly était la première personne à pénétrer dans
mon appartement depuis des mois. Non pas qu'Holly
fût vraiment une personne, du moins au sens où je
l'entendais jusqu'ici. Elle n'était en aucun cas réelle,
c'était une création de l'imagination, des pieds à la
tête. J'imagine que sa raison d'être, c'était précisément de sublimer la réalité, de devenir tout à fait
autre.

J'avais fini par arrêter de saigner. Holly m'avait
mis au lit, après avoir lissé les draps et regonflé les
oreillers. Je lui avais tendu un des billets de cent de
Fanelli, tout neuf et crissant, vingt pour cent de ma
fortune en ce bas monde, et elle avait répliqué : « De
quoi j'ai l'air ! D'une infirmière ! Garde ton argent,
chéri ! Comment tu t'appelles, au fait ? »

J'avais marmonné une réponse.

« C'est ton vrai nom ?

— C'est comme ça qu'on m'appelle…

— Il faut vraiment que tu prennes une femme de
ménage ! Une nourrice ! L'homme n'est pas fait pour
vivre comme ça ! »

Quand je m'étais réveillé au milieu de la nuit après avoir sombré dans l'inconscience, saignant de nouveau sur mon oreiller, Holly était partie et l'appartement était plus propre qu'il l'avait jamais été et le serait jamais. Les draps sales dans le panier. Les chaussures bien rangées. La vaisselle faite. Et un gros baiser au rouge à lèvres sur la glace de la salle de bains. La chemise ensanglantée avait disparu.

J'avais regardé par la fenêtre, et elle était là, à la lueur des réverbères qui crépitaient, à faire des allées et venues au milieu de la rue, en balançant son sac à main de lolita. Rose, avec des strass. Infirmière. Pute. Bon Samaritain. Travelo.

Je n'avais plus revu Holly pendant plusieurs jours, mais à la première occasion, je m'étais dirigé droit sur elle pour la remercier. Elle avait poussé un cri de joie, comme si elle retrouvait son père perdu de vue depuis cinquante ans. « Chéri ! Attends une seconde ! J'ai quelque chose pour toi ! » Elle avait couru jusqu'à sa petite planque secrète quelque part dans la rue et en était revenue avec un paquet de chez Bergdorf, dans lequel j'avais reconnu la boîte avec son ruban familier – et dedans, une chemise en coton Géorgie longue-soie immaculée, à la bonne taille.

« Je n'ai pas réussi à retirer le sang sur l'autre. J'ai frotté comme une folle ! Regarde mes mains ! Alors je t'en ai racheté une, j'espère qu'elle te plaira. Tu peux toujours la changer, sinon. Si tu ne l'aimes pas, je veux dire.

— Holly, c'est trop, tu n'aurais pas…

— Tu ne piges vraiment rien, pas vrai ! L'argent ne veut rien dire, pour les filles comme nous. Pour moi, en tout cas. Je suis une banque sur pied. Ils me la mettent, et il sort de l'argent, ça ne s'arrête jamais ! » Elle avait ouvert son sac à main afin de me montrer les billets chiffonnés. « C'est sans fin ! Je suis un distributeur humain ! Ouvert vingt-quatre heures sur vingt-quatre ! »

C'était une très belle chemise, et ça faisait tellement longtemps que je n'avais rien eu de neuf que j'en avais presque pleuré. Mes remerciements m'avaient paru bien dérisoires et déplacés en comparaison d'un geste aussi généreux. Puis la vision d'Holly chez Bergdorf m'avait assailli – c'était tellement improbable, l'idée du moindre échange mercantile entre elle et un de ces splendides vendeurs.

« Chéri, quand je mourrai, je veux qu'on m'enterre chez Bergdorf ! Tout est si beau, là-bas ! J'avais mis mon tailleur Chanel – oui, j'ai un tailleur Chanel, j'avais ce petit ami qui... » Une ombre nostalgique avait voilé son regard, puis elle avait ajouté d'un air digne : « Il était si mignon avec moi, tellement attentionné, et après... Il y a toujours un après, n'est-ce pas ? Bref, rien de mal ne peut t'arriver, chez Bergdorf, enfin, si, il est arrivé un truc désagréable au derrière de ma copine Larice, mais c'est parce qu'elle avait glissé une robe Halston sous son manteau, et ce n'était pas bien... Jamais je ne ferais une chose pareille. J'ai acheté cette chemise avec l'argent que j'ai gagné avec mon... mon charme et ma beauté. Et maintenant, elle est à toi.

— C'est tellement gentil.

— Est-ce qu'on pourrait être amis ? Je n'ai pas d'amis *bien*. Je monterais me réchauffer dans ton appartement de temps en temps, il fait un froid de canard ici, les nuits sont longues et je commence à avoir mal aux pieds et...

— Bien sûr, quand tu voudras. Mais je dois dire que ça me rend un peu nerveux.

— Évidemment ! Tu es une personne normale. Et moi je suis… une sorte de monstre ! Mais tu t'y habitueras. Je suis maligne. Je sais un tas de choses. Il me manque juste l'éducation. Ça va te plaire, et je ne t'embêterai pas, si tu ne veux pas qu'on t'embête. Mais je viendrai. »

Et elle avait tenu parole. Elle était montée chez moi, rarement au début, puis elle avait pris l'habitude de me rendre visite pratiquement tous les soirs pour voir comment j'allais et me raconter ses aventures lubriques et bizarres. Je n'avais jamais imaginé qu'on puisse faire autant de cascades extraordinaires sur le siège avant d'une voiture garée dans une ruelle sombre. Parfois, ses clients l'emmenaient à l'hôtel Dixie, mais c'était rare. En général, la transaction était bouclée en moins d'un quart d'heure, et les hommes la redéposaient là où ils l'avaient trouvée. Elle suivait du regard leurs feux arrière tandis qu'ils rentraient dans leur foyer de l'autre côté du fleuve.

Il y a un tel besoin, dans le monde. Un besoin constant, immuable. Éternel, et tellement profond que tout répit, toute réponse qui étanche cette soif vaut bien plus que cinquante dollars. Ce manque s'accumule en nous, il nous rend fous, et le soulagement apporté par Holly et ses semblables est au mieux temporaire, car le besoin suffocant réapparaît le lendemain au réveil, vorace et dévastateur. Dans la 35e Rue, c'est ce besoin qui faisait la loi, le désir sexuel se cachait derrière chaque roue de voiture, c'était un monde de vrais corps, de chair, de bras velus, avec le pénis pour centre de gravité.

Et Holly était là pour accueillir tout ça, les corps, les queues, les mains avides et pressées, la fermeture Éclair, l'odeur et le goût, pour couper la faim pendant une minute ou deux, comme un en-cas avant le dîner, et tout ce qu'elle demandait en échange c'étaient cinquante dollars, et d'être ramenée saine et sauve sur son coin de trottoir.

À la seconde où j'avais perdu mon boulot, mon mode de vie, ma place dans le monde, le département amour de ma petite entreprise personnelle avait fermé ses portes pour toujours – personne n'y a jamais plus mis les pieds. Aujourd'hui, je repense à chaque personne que j'ai chérie, même si l'histoire a mal fini, même si elle m'a laissé le cœur brisé, ravagé et furieux ; j'y repense avec amour, et ce n'est pas parce que je me sens seul que cet amour diminue. Si ma vie est ce qu'elle est, c'est ma faute. J'en suis seul responsable. Les autres ont fait ce qu'ils pouvaient.

Un jour, Carmela m'avait demandé : « Qu'est-ce que tu veux vraiment, au juste ? »

Je lui avais répliqué en hurlant : « Je veux qu'on m'aime inconditionnellement et qu'on me laisse complètement seul ! »

Mais la vie m'a appris de la manière la plus rude que c'est là une chose impossible. La seconde partie de mon vœu a été exaucée, tant pis pour moi si j'avais cruellement besoin et envie de la première. Pauvre Carmela. Une fille charmante, bien que cupide. Mon amour de jeunesse.

J'avais donc laissé Holly entrer dans ma vie une minute, à une période où il n'y avait plus rien d'autre. Elle débarquait dans la nuit, essoufflée, tout excitée des nouvelles aventures qu'elle avait à me raconter, et nous nous asseyions un verre de whisky à la main, avec parfois pour seul éclairage l'éclat bleuté de la télévision. Des hommes et des femmes quasi nus dansaient de manière inepte sur l'écran. L'animatrice de l'émission, Robin Byrd, présentait chacun de ces danseurs comme s'ils étaient le Christ ressuscité, prenant même la peine d'interviewer ces demeurés une fois qu'ils s'étaient déhanchés pendant deux minutes sur du disco, alors que seule une carrière dans le porno les attendait. Un jour, elle avait reçu un travesti comme Holly et cette dernière s'était défoulée en commentaires acerbes tout en sirotant son verre : « Non seulement j'ai des seins plus gros, mais, comparés aux siens, ce sont des chefs-d'œuvre ! Les plus beaux de Park Avenue ! Tu veux voir ? »

J'avais décliné son offre, et Holly avait eu l'air de comprendre et de respecter mon choix. À ses yeux, j'étais un invalide, et elle prenait soin de moi comme d'un homme souffrant d'un cancer en phase terminale. Elle passait son temps à nettoyer, à rafistoler ma vie, à me redonner à peu près figure humaine. J'avais perdu tous mes repères.

Dans cette émission, il y avait un type, un Italien basané, Gino ou Claudio ou un prénom de ce genre, le corps huilé, des jambes massives, le torse velu et des pectoraux énormes, un gars tellement musclé qu'il pouvait à peine bouger, encore moins se livrer à ces gesticulations qu'aucune personne saine d'esprit n'appellerait de la danse. À chacune de ses apparitions, Holly restait sans voix à contempler d'un air fasciné ses chorégraphies maladroites. Il était sans arrêt invité ; il devait tourner un film porno par semaine, et en avait toujours un sous le coude dont il voulait faire la promo. Holly était littéralement hébétée, à chaque fois.

« Il ressemble terriblement à mon petit ami, mon seul grand amour ! s'était-elle exclamée un soir. C'est pour ça. Mon seul vrai moment de bonheur avant de devenir une pute de plus dans la rue ! J'avais un endroit, à l'époque ! J'avais quelqu'un ! Lui ! Enfin, pas lui, mais un homme qui lui ressemblait, si on plisse les yeux et si on n'écoute pas sa voix répugnante.

— On a tous les deux connu ça, autrefois, j'avais renchéri. Je n'ai pas toujours été comme ça.

— Moi non plus. J'étais quelqu'un, avec lui. Un couple, je crois qu'on dit. Il s'appelait George. Giorgos. Il était grec. Il travaillait aux rotatives du *New York Times*. J'avais seize ans, presque dix-sept, et Giorgos trente-trois. J'étais un garçon, à l'époque, un fugueur de Cleveland, et il m'avait recueilli. Bon sang, qu'est-ce qu'il m'aimait. Je crois bien que je le lui rendais. Je me débrouillais tout seul depuis mes quatorze ans, qu'est-ce que je savais de l'amour ? de la vie en général ? J'avais fait du stop pendant cinq jours, et quand le dernier gars m'a laissé à New York, j'ai dormi sur un banc derrière la Bibliothèque ! Je croyais que c'était Central Park ! Puis je me suis planté au coin de la rue et je suis monté dans la première voiture qui s'est arrêtée. J'ai fait ça pendant deux ans, et un soir, dans la voiture, il y avait George. J'étais fatigué de cette vie et puis, j'imagine qu'il a eu de la chance. C'est le destin. Mais je tenais à lui, au fond de mon cœur. J'avais des sentiments pour lui, on doit pouvoir appeler ça de l'amour, non ?

— Quand c'est de l'amour, on le sait. C'est comme sauter d'une falaise. » C'est la seule réponse que j'avais trouvée.

« Tu veux bien éteindre la télé ? Je n'arrive pas à regarder ça et à raconter mon histoire en même temps. Ça me fait flipper. »

La lueur bleutée avait cédé la place à la lumière des réverbères qui inondait la pièce. Holly s'était levée, dorée et fantomatique, et elle avait déambulé tout en buvant son whisky. Jamais je ne m'étais senti aussi bizarre de ma vie. Les yeux d'Holly étaient humides et scintillaient dans la lumière cuivrée comme si elle allait se mettre à pleurer. « Je vais te raconter ça une seule fois, tu ne diras rien, et on n'en reparlera jamais. D'accord ? Marché conclu ?

— Je le jure.

— Bref. Bon. » Holly avait abandonné ses tournures exclamatives habituelles pour s'exprimer de manière plus retenue, avec une certaine vulnérabilité. Elle parlait avec le cœur, son cœur d'enfant qui, dans cette lumière irréelle, m'était brusquement apparu comme une chose ravissante.

J'avais obéi et n'avais plus prononcé un mot.

« Il voulait qu'on vive ensemble. Il a pris un appartement à Brooklyn, dans le quartier grec, mais c'était très conservateur, et il ne voulait pas que ses voisins apprennent qu'il habitait avec un garçon, alors je me suis rasé les jambes et j'ai laissé pousser mes cheveux, j'ai mis un chemisier et une jupe qu'il m'avait offerts – parce qu'il m'en achetait, des vêtements –, et je suis devenu une fille. J'étais mignonne, vraiment mignonne. On aurait dit que j'avais attendu toute ma vie d'être la copine de quelqu'un. J'ai même décroché un boulot de mannequin chez Saks, pour présenter des robes de bal aux riches clientes. C'est là que j'ai commencé les injections d'hormones. Mon Dieu, il fait chaud, ici ! »

Tout en parlant, elle avait commencé à retirer ses vêtements un à un, et je n'avais pas protesté, si bien qu'elle avait fini par se retrouver nue en talons hauts et que j'avais vu ce que c'était d'être Holly, au naturel. J'imagine que les putes ont l'habitude de se déshabiller. La scène était à la fois bizarre et belle, dans son genre. Dans un jeu de lumière. L'altérité dans toute son étrangeté.

« Il a trouvé un docteur, il a tout arrangé. J'adorais avoir des seins. Il les aimait gros, alors il a dégotté un chirurgien esthétique et il m'a acheté la plus belle paire de la côte Est. Et pendant un temps, c'était génial. Absolument génial. Il était adorable avec moi, et j'aimais tout en lui. J'aimais sentir le poids de son corps sur le mien, dans le noir, ses baisers, un mélange d'ail et de cigarette, mais doux. C'était un homme, un vrai. Il embrassait fort, c'était comme se faire dévorer par une bête sauvage. Le paradis. »

Le mascara s'était mis à couler sur les joues d'Holly, et même dans cette lumière d'or, elle avait l'air d'avoir un million d'années.

« Il était très traditionnel. Il voulait qu'on se marie. Ce qui voulait dire que je devais me faire opérer. Il a économisé la somme et pris rendez-vous avec le Dr Fric de l'hôpital Johns Hopkins, et ensuite il m'a mise dans un bus pour Baltimore avec dix mille dollars dans mon petit sac à main.

« Mais, à la gare routière, j'ai rencontré des marins divins, on est allés boire un verre, et de fil en aiguille je me suis réveillée un mois plus tard dans un hôtel minable à vingt dollars la nuit, avec plus rien. L'équipage avait mis les voiles. Plus d'argent, plus d'opération. J'étais toujours un garçon. J'ai dû tapiner pour gagner de quoi rentrer à Brooklyn et quand je suis arrivée, Giorgos m'a bien regardée, avant de me foutre la raclée du siècle. Puis il m'a jetée à la rue, là où il m'avait trouvée. »

Elle avait terminé son verre de whisky d'un trait, puis s'était lentement rhabillée. « Fin de l'histoire. Jamais plus je ne tomberai amoureuse. Ne te lève pas. Je connais le chemin.

— Je...

— Pas un mot. Silence. C'était le marché. Je n'ai pas besoin de ta pitié. Mon Dieu ! Mon maquillage est tout foutu ! Je fais un petit saut à la salle de bains et je file ! Au boulot ! » Elle s'était enfermée pour se remaquiller et était ressortie, un masque sévère sur le visage – elle était prête à finir sa nuit. Je l'avais regardée longtemps marcher au milieu de la rue, je l'avais vue monter dans une voiture, disparaître, et je fixais toujours le trottoir, aussi nerveux qu'un père dont la fille n'est pas rentrée, quand la voiture en question l'avait ramenée.

Je ressentais quelque chose pour elle. Ce n'était ni du désir ni de la pitié. De l'affection. Naturelle et bienvenue. Et aussi une forme de respect. Quoi qu'il en soit, c'était nouveau pour moi et difficile à concevoir, à nommer, surtout maintenant que je l'avais vue nue, sexy et ambiguë, alors j'avais fini mon whisky et j'étais allé me coucher, en proie au trouble. Holly était… eh bien, belle. Elle était charmante, elle avait dix-neuf ans et du courage. Et elle avait souffert, elle souffrait encore, et je me reconnaissais là-dedans. J'y voyais une forme inattendue de camaraderie liant les deux âmes sur cette planète, dont la rencontre était la plus improbable. Sans compter que j'avais une chemise Charvet toute neuve. Un point pour la générosité.

On était devenus amis. Après tout, on n'avait personne d'autre. Qu'est-ce qu'il nous restait à faire, à part baiser ou se faire baiser ? L'après-midi, on allait au cinéma. Holly débarquait avec une bouteille de Cristal bien glacée, et on buvait en riant jusqu'à ce que tout s'évanouisse autour de nous dans le néant et l'insignifiance. On avait été invités à une soirée chez un de ses amis, dans un loft du centre, on s'était bourré la gueule en regardant un gros type nous infliger le play-back de l'intégrale de Barbra Streisand. Il portait une robe rouge à sequins et se tenait une lampe torche sous le menton pour illuminer son visage dans la pénombre de la pièce, façon *Blair Witch*.

Un autre jour, Holly avait sorti le fameux tailleur Chanel de la consigne de Penn Station, où elle conservait sa garde-robe, et on avait fait un tour chez Bergdorf Goodman. La famille des propriétaires habitait un appartement au dernier étage, et on était tombés d'accord pour dire que c'était ce qui se rapprochait le plus de notre conception du paradis. Holly ressemblait à une jeune femme au foyer de Park Avenue. Pour tout dire, nous avions tous les deux l'air d'un petit couple heureux et propre sur lui. Cet après-midi-là, tandis que nous explorions tous les étages sans oublier de faire des essayages en nous montrant hautains avec les vendeurs, c'est bien ce que nous étions.

Dans la rue on se moquait d'avoir l'air étranges. On prenait soin l'un de l'autre, comme le font les amis, et pendant un temps ça nous avait suffi.

Le froid mordant de l'hiver avait commencé à craquer comme la glace au soleil et s'était dissous dans la chaleur de journées éclatantes. Les nuits étaient fraîches. Pâques approchait. Holly continuait à passer presque tous les soirs, et une nuit elle avait même dormi chastement deux heures à côté de moi avant de retourner dans la mêlée, entre les voitures qui n'étaient que des billets de cinquante dollars sur roues.

La veille du dimanche des Rameaux, elle avait déboulé hors d'haleine à ma porte pour me proposer de déjeuner avec elle le lendemain, dans un restaurant du Village dont je n'avais jamais entendu parler, le

Neuvième Cercle. « Ils font des super burgers ! Et il y a un chouette juke-box ! Et du plaisir pour les yeux et les oreilles ! C'est merveilleux ! Et j'ai une nouvelle extraordinaire à t'annoncer ! Fabuleuse ! »

Le lendemain, il faisait chaud, pour la première fois de l'année. Je m'étais préparé pour la messe, rasé de près, et j'avais enfilé un costume en crépon de coton, avec la chemise offerte par Holly. Elle était couleur lavande à très fines rayures blanches, avec col et manchettes blancs. Je l'avais ornée d'une touche finale rose issue du musée de la cravate qui dormait dans mon placard. Je n'avais plus guère de raison d'en mettre.

J'avais l'air d'un œuf de Pâques.

La messe, c'était la seule heure de la semaine pendant laquelle je pouvais évaluer la distance qui me séparait de ce que je considérais comme le Bien, et auquel j'aspirais. C'est un sentiment courant chez ceux qui ont tout perdu. Je voulais être un homme bon et ne faire de mal à personne. Terminé. *Primum non nocere*, comme pour les médecins. Mon passé était jonché de cadavres, de corps blessés. Il était souillé d'insultes et de débordements qui soudain me paraissaient inadmissibles. C'est pourquoi, comme un bon garçon à la fois enthousiaste et récalcitrant, j'allais chaque semaine jouer le rôle du pauvre au milieu de cet océan de gens riches.

Le service m'avait paru durer des heures, et je n'arrêtais pas de consulter ma montre. J'étais le seul en crépon de coton – les autres hommes avaient opté pour des costumes bleus ou gris à fines rayures – et je m'étais placé à l'écart, de sorte que personne ne me touche ou me parle. Quand la coupelle de la quête est arrivée à ma hauteur, je n'avais rien à donner, alors j'ai fait semblant de prier jusqu'à ce qu'elle soit passée. Sitôt que j'ai eu communié, le corps et le sang, je suis sorti de l'église en trombe, j'ai sauté dans un train jusqu'au Village où, avec pas mal de difficultés, j'ai fini par trouver le Neuvième Cercle. Il était 13 heures pile.

J'ai poussé la porte en métal et je suis entré, mes rameaux à la main, en plein cœur d'un bar sombre et minable. Dans mon costume en crépon de coton. C'était comme dans *Le Choc des mondes*, sauf que j'étais le seul habitant sur ma planète. Les autres étaient tous habillés en cuir noir sous des formes diverses, avec un tas d'accessoires que je n'avais jamais vus auparavant, des lanières, des jambières et des harnais, et aussi des pantalons de cuir ajourés derrière, des braguettes rembourrées à la médiévale – une vraie galerie pour fétichistes dont il se trouvait que je ne faisais pas partie.

Ils s'étaient tous mis à me fixer, la moustache frémissante. Pendant une éternité. Du crépon de coton. Bon sang.

Le bar bondé s'étirait indéfiniment jusqu'à une arrière-salle obscure, où quelques âmes perdues, elles aussi sanglées, descendaient leur Budweiser avec un des fameux burgers. Je m'étais frayé un chemin à travers le long goulot tapissé de cuir pour aller m'asseoir à l'une des tables. Aucun signe d'Holly. J'avais dû attendre quarante-cinq minutes de torture avant de la voir arriver. Et elle avait une tête horrible.

Ce jour-là, elle était un garçon. Les cheveux tirés en arrière, vêtu d'un jean et de mocassins, et d'un T-shirt avec une ligne tracée d'un téton à l'autre, sous laquelle était écrit : « Taille minimale pour accéder à cette attraction ». Pas de maquillage, hormis les restes de son masque de la veille. Un petit rasage aurait été le bienvenu.

« Désolée ! s'était-elle écriée. Quelle nuit ! Je suis sortie de chez moi comme une furie. Je ne voulais pas te faire attendre. » Je n'avais pas osé faire remarquer que c'était le cas, pratiquement une heure. « Oh ! Mais tu es superbe ! Il y avait donc un vrai homme derrière toutes ces jérémiades ! Bravo ! Justement, ça fait partie de ce que je voulais te dire. Il m'arrive un truc génial. Le plus génial possible.

— Holly, raconte.

— Je suis amoureuse ! Je suis tombée amoureuse d'un vrai homme.

— Holly, c'est magnifique ! Je suis tellement content pour toi. Et qui est l'heureux élu ? »

Il y avait eu un silence gêné pendant lequel Holly m'avait laissé réfléchir, le temps que je pressente la réponse.

« Toi. »

J'avais dû blêmir d'un coup, parce qu'elle m'avait pris les mains, une seconde, avant de reposer les siennes à la hâte sur ses genoux. Elle s'était exprimée d'une voix calme, sans affectation, et avec une grande tendresse. Fixant la table, elle n'avait pas relevé les yeux vers moi avant d'avoir terminé.

« Si je te le dis, c'est parce que… pour moi, du moins, le plus grand péché, c'est d'aimer quelqu'un et de ne pas le lui dire. C'est le plus grand péché qui soit. »

Puis elle m'avait regardé, et j'avais vu combien l'amour dont elle parlait était profond et délicat.

« Parce que alors, quand cette personne que tu aimes marche dans la rue, ou bien entre en réunion, elle ne sait pas que quelqu'un l'aime. Et ça peut tout changer, pour sa confiance en elle, et tout ça, tu vois ? Je sais bien qu'il ne va rien se passer quand je te dis que je t'aime. C'est impossible. Tu es normal.

Et moi… je ne sais pas ce que je suis, mais pas "normale", en tout cas. Ce n'est pas pour qu'il se passe quoi que ce soit que je te le dis. C'est pour que, quand tu héleras un taxi, ou en répondant au téléphone, ou bien en entrant dans une pièce remplie d'inconnus, tu saches qu'il y a quelqu'un dans le monde qui t'aime et t'aimera toujours, où que tu ailles, quoi qu'il arrive, jusqu'à la fin des temps. N'oublie jamais ça. Promets-moi que tu n'oublieras jamais que tu es aimé. » Elle avait dessiné une croix sur son cœur avant de poser l'index sur mes lèvres. Et puis, aussi vite qu'elle était arrivée, elle était repartie.

Et j'avais pleuré. Au milieu de ces hommes musclés et bronzés en cuir noir, avec leurs sangles, leurs moustaches et leurs barbes, leurs ceinturons et leurs colliers cloutés, j'étais resté assis à la table crasseuse de ce bar miteux de Charles Street et j'avais sangloté jusqu'à ne plus avoir de larmes. Et alors, avec le peu de dignité qui me restait, je m'étais levé pour partir. J'avais remarqué que l'un des clients, je ne savais pas qui, avait posé un verre de bière devant moi pendant que je chialais comme un veau, et j'avais balayé la salle des yeux en quête de quelqu'un à remercier, mais personne ne m'avait regardé, aussi avais-je avalé une gorgée de bière avant de quitter le Neuvième Cercle. J'avais marché dans la chaleur de cette belle journée de printemps jusqu'à l'Illustre Taudis, tout le chemin jusqu'à la 35e Rue, et ce que me réservait le reste de ma vie.

Aimé, aimé, aimé. Pour toujours.

Je n'ai jamais revu Holly. Elle n'est jamais revenue dans ma rue faire sa loi comme c'était le cas toutes les nuits, depuis des années. Pendant des mois, j'ai demandé de ses nouvelles aux autres filles, mais elles ignoraient toutes où elle était partie, ou bien refusaient de me le dire. J'ai traîné du côté des consignes où elle stockait ses vêtements, mais elle ne s'est pas montrée. Elle m'avait abandonné. Elle m'avait laissé totalement seul mais aussi totalement aimé, comme je l'avais exigé autrefois, des années et des années plus tôt. Et je me retrouvais sans aucun moyen de la remercier. Comme si des mercis pouvaient suffire.

La chute des princes

La suite se résume à un lent déclin, jusqu'à la chute. L'éclipse de la lune pleine et radieuse de ma jeunesse. Non pas que j'aie de quoi être fier de l'éclat éblouissant de mes jeunes années. J'étais quelqu'un d'horrible. Je me livrais à des actions viles et parfois illégales. Je traitais les femmes de manière abominable. Rien que d'y repenser, j'en rougis de honte et je sens mon entrejambe se crisper.

C'était un rayonnement sans chaleur, et dans cette lumière aveuglante, je ne pensais qu'à moi-même. Maintenant, j'essaie de ne jamais penser à moi-même. J'essaie de ne pas penser du tout, de ne pas m'appesantir, mais parfois, tard le soir, tout me revient, et je m'égare dans cette existence qui aurait pu être : la même épouse depuis vingt ans, le confort du couple et ses distractions. Les enfants pleurnicheurs, geignards en vacances, qui à l'adolescence se font tatouer malgré notre interdiction, qui jouent avec leurs crosses de hockey dans la maison. Les escapades à Paris, au Lutetia. L'album photo d'une vie qui n'est pas advenue. Ça ne dure jamais longtemps, mais les images sont vivaces, je suis dedans, et non plus dans ma vie d'ici. Quand on perd tout, on ne meurt pas. On continue simplement dans un pantalon ordinaire, sans plus rien dans les poches.

J'ai fini par arrêter d'envoyer des CV, je les ai balancés à la poubelle. J'ai cessé d'appeler des gens que je connaissais depuis des années et qui donnaient du boulot à des banquiers. Ça ne rimait à rien : ils ne prenaient jamais mes appels. Mon nom était *brûlé*, comme disait ma grand-mère. Ce que j'avais fait à trente ans, ces actes tellement éblouissants et prometteurs n'avaient plus aucun intérêt à trente-sept. Tout avait été balayé alors que je sortais à peine les voiles.

J'avais épluché les annonces et répondu à des offres d'emploi. Il y avait toujours quelque chose qui n'allait pas – ou bien c'était le poste, ou bien c'était moi. Rester assis là face à ces recruteurs suffisants, à répondre à leurs questions ridicules, c'était intenable. « Vous n'avez plus travaillé depuis six ans. Qu'est-ce que vous avez fait ?

— Je vivais en Europe.

— Comme c'est intéressant ! Pour y faire quoi ?

— J'ai essayé d'écrire un roman. Mais il n'était pas bon.

— Vous avez de l'expérience, dans la vente ? »

À une époque, j'achetais et je revendais le monde tous les jours avant le déjeuner.

« Non.

— Vous pensez que vous pourriez réussir dans ce créneau ?

— Je peux vendre la clim à un Esquimau.

— Mais vous ne l'avez jamais fait pour de vrai ?

— Non.

— Je vois. Très intéressant. Nous reprendrons contact si quelque chose se libère. Pour le moment, il n'y a rien.

— Dans ce cas, pourquoi avoir fait passer une annonce ? Pourquoi m'avoir convoqué ?

— Nous aimons rester au plus proche du marché, nous tenir au courant. Vous savez vous servir d'une caisse informatique ?

— Même l'abruti le plus total pourrait apprendre à s'en servir en dix minutes.

— Vous seriez surpris. Eh bien, nous vous appellerons.

— Non, vous n'appellerez pas. »

Longue pause. « Si vous prenez les choses comme ça, en effet. Je vous conseille une formation en contact clientèle. Ou bien de prospecter dans un secteur où vous n'aurez pas affaire au public. Comme écrire de mauvais romans, par exemple. Bonne journée. »

J'avais fini par apprendre à sourire et j'avais alors décroché une série de boulots temporaires. Le ridicule ne tue pas. Du moins, pas sur le coup.

J'avais été démonstrateur de robots ménagers, et en quelques jours j'étais devenu incroyablement doué. Capable de confectionner une pâte à pain parfaite en quelques secondes seulement. Affublé d'une toque et d'un tablier en papier, je n'avais survécu qu'en feignant d'être quelqu'un d'autre. J'aspergeais des femmes élégantes d'un parfum étouffant sorti d'une bouteille au design vaguement érotique. Je montrais comment plier impeccablement deux costumes dans une valise à des gens qui avaient très peu de chances de voyager un jour. Je survivais.

Mais je n'arrêtais pas de croiser d'anciennes connaissances. Elles me dévisageaient comme une attraction d'Halloween, ou disons un interlude comique dans un spectacle de Noël, et parfois, par pure pitié, elles m'achetaient un Cuisinart ou une minuscule bouteille de la fragrance honteusement chère. C'était là un acte de gentillesse, et il me mortifiait jusque dans mes tripes.

Tout s'est mis à m'échapper. Mes parents sont morts, d'abord ma mère, puis mon père, se suivant de près – cancer –, humiliés par ma déchéance, me léguant juste de quoi faire taire Mr. McDermott et Mrs. Willoughby. Je tiens à préciser que nous nous étions quittés très cordialement, eux et moi. Nos petites discussions quotidiennes allaient me manquer. Une fois qu'ils ont cessé d'appeler, il pouvait s'écouler des jours sans que j'entende le téléphone sonner.

Mais ce qui me manque plus encore, ce sont le bruit et la grande bousculade, quand ça cognait sur le *floor*, quand on concluait un marché toutes les demi-secondes et qu'on se tapait dans la main, et aussi le jour des primes et les dîners chez Giorgio. Les vêtements me manquent, la déférence des vendeurs, et passer l'hiver à Harbour Island, aux Bahamas, avant que ça devienne la mode. Mes boutons de manchettes me manquent – en lapis-lazuli, en hématite, en rubis, en saphir –, tous au clou chez le bijoutier orthodoxe de la 45ᵉ Rue, une paire après l'autre. Et mes montres. J'ai la nostalgie des fêtes où des gens beaux rivalisaient de saillies spirituelles et agressives. Tout de cette ancienne vie a disparu. Toute l'existence d'un jeune homme, vendue au rabais.

Mais chaque fois que je me défaisais de quelque chose, je me sentais... triste, certes, mais aussi plus léger, plus libre, moins enchaîné à un passé auquel je ne reviendrais jamais. Ils n'avaient qu'à tout prendre.

Autrefois ma vie s'écoulait en jours et en nuits. Aujourd'hui, c'est en secondes, celles qui scandent le temps qu'il faut pour aller d'une extrémité à l'autre.

J'ai terminé Proust, ce qui m'a donné un sentiment de supériorité primordial sur la majorité du genre humain. Pendant l'année qui a suivi, je n'ai rien pu lire d'autre. Comparé à l'exquis bouillon proustien, n'importe quel livre me faisait l'effet d'un verre d'eau tiède.

J'ai fini par trouver un vrai travail, grâce à Proust. Un poste de vendeur dans une grande chaîne de librairies, en partie, je pense, parce que la femme chargée du recrutement m'a demandé quel était mon livre préféré et que j'ai répondu : « Il n'y a qu'un seul livre qui ait jamais été écrit, en dehors de la Bible. Et c'est *À la recherche du temps perdu*. Dans *La Recherche*, mon volume favori est *La Fugitive*. »

Elle a souri. « On dit *Albertine disparue*, en fait.

— Je préfère le titre original. Moins factuel, mais plus poétique.

— Quelles sont les dix meilleures ventes actuelles, en fiction ? »

Je les avais énumérées, dans l'ordre. « Vous voulez aussi savoir depuis combien de semaines elles sont sur la liste ?

— Je vous fais confiance. Et en essais et documents ? »

J'avais énoncé les dix titres, mais dans le désordre. « Vous avez déjà vendu quelque chose ? Quoi que ce soit ? »

J'avais détaillé la longue série de boulots embarrassants que j'avais endurés au cours des douze derniers mois. Je lui avais expliqué comment plier deux costumes dans sa valise pour qu'ils ressortent sans un faux pli à la fin du voyage. « Quand pouvez-vous commencer ?

— Maintenant, n'importe quand.

— Lundi prochain ?

— Et pourquoi pas demain à 9 heures ? »

Elle avait eu ce sourire que j'allais bientôt adorer. « On n'ouvre qu'à 10 heures. Vous seriez à la porte et tout seul, monsieur Proust.

— Alors je serai là à 10. »

Et depuis lors, c'est là que je me rends tous les matins. Au départ, je n'étais que vendeur, je me contentais d'enregistrer les livres. C'était une sorte de planque. J'étais relativement en sécurité – il était peu probable que je tombe sur d'anciens collègues, puisque aucun d'eux ne lisait autre chose que le *Wall Street Journal*. J'étais repérable parmi les vendeurs en T-shirt, parce que je portais toujours une cravate. Je ne considérais pas mon travail comme un simple gagne-pain. À mes yeux, c'était une profession honorable.

À présent je dirige le département fiction, c'est moi qui sélectionne les titres, qui compose les commandes, qui décide quels ouvrages mettre en avant. C'est un poste qui requiert de la prudence et de l'audace, et j'aime ça. Et je suis bon.

Parfois, c'est moi qui ouvre ou ferme la boutique. J'ai les clefs. Je peux entrer quand bon me semble. Certains matins, j'arrive plus tôt pour le seul plaisir de sentir l'odeur de tous ces livres autour de moi. Toutes ces portes offertes. Tous ces mondes. Je recommande des lectures aux clients, ensuite ils reviennent me dire ce qu'ils en ont pensé. Maintenant, dans le quartier, on connaît mon nom, donc la relation est devenue personnelle. Malgré le carnage causé par le livre électronique et toutes les menaces qui pèsent sur le métier de libraire, il y a encore des gens pour aimer le poids et le contact d'un vrai livre, des gens qui en empilent à côté de leur lit en attendant de les lire. Notre magasin est sur la sellette actuellement, mais je pense qu'on va s'en sortir, du moins jusqu'à ce que j'atteigne l'âge de la retraite.

J'ai fini par quitter l'Illustre Taudis pour un petit appartement dans le Village. Un sacré coup de chance. Mon loyer est stable, alors même que dans le quartier les prix ont explosé. Chaque lundi, quand je change mes draps, je contemple la moitié du lit dans laquelle personne n'a dormi, aussi impeccable qu'une semaine plus tôt, et je me demande ce qui est arrivé à tous les possibles de ma jeunesse. Personne d'autre que moi n'a jamais passé la nuit dans ce lit, et je me cantonne dans un seul côté, toujours dans la même position chaste de cadavre. Tant d'années se sont écoulées, dans le silence de cet appartement que sont seulement venus troubler le tintement du couteau contre la fourchette, le claquement d'une porte de placard ou le chuintement d'une enveloppe qu'on déchire.

Le seul luxe que je m'autorise, ce sont les draps. En fine percale de coton, simples mais d'un raffinement subtil, et je les fais laver et repasser par une Chinoise du quartier. Ça ne coûte pas si cher, et c'est un art qui se perd, de savoir repasser un drap à la perfection. On dit que Jackie Onassis faisait changer intégralement son lit deux fois par jour : après son lever le matin, et après sa sieste. Imaginez un peu ça. Après avoir déjeuné d'un fromage blanc ou je ne sais quoi.

Je ne suis pas aussi extravagant, mais c'est le seul principe auquel je tienne. C'est mon unique et ultime caprice. Le lundi soir, quand, après avoir changé mes draps, je me glisse dans mon lit fraîchement fait, quand je sens le contact et le parfum de la percale qui crisse, je pense à tout ça et je suis parfaitement heureux.

Et je suis encore aimé. Je le serai toujours. Dans la rue. Dans une pièce remplie d'inconnus. En montant l'escalier de l'Opéra, où je me rends deux fois par an, insignifiant parmi la foule couverte de bijoux. Quand je fais ma croisière, tous les cinq ans, visage solitaire au milieu des couples béats, je sais une chose qu'ils ignorent : je suis aimé. Holly m'a fait ce cadeau, et personne ne pourra me le retirer. Je n'ai jamais oublié. Je suis aimé.

Elle marche en sa beauté

On était en sous-effectif. C'est souvent le cas, l'été, quand il fait assez beau pour aller à la plage. Dès qu'on arrive en août, il suffit d'une belle journée et la moitié des vendeurs se font porter pâle. Je bouchais donc les trous aux caisses. C'est un jeu d'enfant, aujourd'hui. Ça ne requiert aucune compétence particulière, pas besoin de réfléchir. C'est la machine qui fait tout. On bipe l'article, on glisse la carte, une petite signature, fin de la transaction. Je ne me rappelle pas quand j'ai vu du liquide pour la dernière fois.

Elle avait des mains exquises, sans aucun bijou. Des ongles parfaits. Elle portait deux livres, des poches grand public. Dessus était posé un billet de cinquante dollars. J'ai levé les yeux et c'était comme s'il s'était à peine écoulé une seconde depuis la dernière fois, au lieu de vingt ans. Une milliseconde. Le temps s'était montré bienveillant envers elle – peut-être aidé par une équipe des meilleurs chirurgiens au monde.

Carmela avait toujours été ravissante, et elle se tenait là, mille fois plus ravissante qu'autrefois. Elle répétait que le secret pour vieillir avec grâce, c'était d'avoir chaque jour la main plus légère sur le maquillage, et ce matin-là elle n'en portait pas du tout. Elle avait les cheveux attachés en chignon flou, avec des petites mèches encore humides sur la nuque. J'avais planté mon regard dans ses yeux ardoise et scintillants. Sa chevelure autrefois très brune était rehaussée de reflets lumineux. Les femmes sont ainsi, en vieillissant elles deviennent aussi évanescentes qu'un souffle d'air, la mémoire et l'expérience rendent leur âme éphémère. Au fil des ans, les hommes, eux, s'alourdissent sous le poids des regrets.

« Je... Je rentre de mon cours de Pilates. Je n'imaginais pas que...

— Tu es splendide. Comme toujours.

— Je ressemble à un rat en sueur sur une barge.

— La reine des rats, dans ce cas. Comme toujours. J'ai... j'ai réfléchi...

— Tu n'as jamais été très réfléchi.

— ... au passé, récemment. J'ai beaucoup pensé à toi. À tout ce qui est arrivé et... disons que j'ai réfléchi, c'est tout.

— C'est passé si vite. Comme l'embrasement d'une allumette.

— Je me rappelle chaque seconde.

— Est-ce que j'ai été atroce ? » Elle a jeté un coup d'œil par-dessus son épaule. « On bloque la queue. Bientôt il y aura une émeute.

— Dans ce cas, je leur lancerai des croûtons de pain. Déjeune avec moi. Tu n'as pas été atroce. Jamais.

— Je ne...

— Pas en souvenir du bon vieux temps. Il y a quelque chose que je veux te dire. J'y pense depuis... eh bien, depuis des années, et il faut que ce soit dit. Je n'aurais jamais cru en avoir l'occasion, pourtant la voilà. Il y avait une chance sur un million. Déjeune avec moi. Je te promets que ce sera sans dommage, pour l'un comme pour l'autre.

— Laisse-moi juste payer les livres… S'il te plaît, Rooney, je… »

Personne ne m'avait plus appelé comme ça depuis des années. J'ai pris son argent, nos mains se sont effleurées, puis de nouveau lorsque je lui ai rendu la monnaie.

« Je ne peux pas… Laisse-moi… »

Elle a fait un pas vers la sortie. Le client suivant s'est avancé, mais Carmela s'est retournée. « Quelle heure ? Où ? »

J'ai donné le nom d'un de nos restaurants favoris.

« Il est fermé depuis des années. Quel gâchis. Une vraie tragédie.

— Dans ce cas, celui que tu préfères.

— Marea. Le genre d'endroit qu'on a toujours aimé. » Elle me l'a épelé. « Tu connais ?

— Non. Je vais chercher.

— Central Park South. 13 heures. »

C'était très chic, dans le genre austère, couleur crème. Des gens beaux assis à de jolies tables, une nuée de serveurs s'appliquant à faire une seule chose à la fois, et parfaitement. La lumière aveuglante du soleil dehors était tamisée par les rideaux en gaze de soie couleur safran.

On m'a placé à une obscure table pour deux près de la cuisine, et je savais que ce ne serait pas du goût de Carmela, mais je n'ai pas eu le cœur ou le cran d'en exiger une autre. Et au nom de quoi me l'aurait-on donnée ? Le personnel devait déjà se demander par quel hasard j'étais venu rôder chez eux. La table était située près du vaisselier et le calme ambiant était sans arrêt troublé par les commis jetant des couverts propres dans les tiroirs ou par les serveurs se saisissant, plus délicatement, de ce dont ils avaient besoin, une pièce à la fois.

Elle a surgi de la touffeur de la rue à 13 h 15, un grand sac au coude, et on aurait dit qu'elle évoluait dans un nuage d'air conditionné. Elle avait des chaussures rouges – personne ne portait mieux les chaussures rouges qu'elle –, une robe à fleurs en soie rose poudré et à la main une capeline rouge en paille, légère comme une plume. Elle respirait l'argent. Et aussi la fraîcheur, et cette aisance incroyable en n'importe quelle circonstance dont certains New-Yorkais riches ont le secret. Ravissante de bas en haut, jusqu'à ses yeux cendrés, cachés derrière des lunettes de soleil qu'elle a retirées avec une grâce qui défie l'imagination – inclinant légèrement la tête, puis soulevant les lunettes pour dévoiler ses yeux. Elle a lissé distraitement ses cheveux. Éblouissante.

Elle s'est adressée très aimablement au maître d'hôtel, lequel l'a embrassée sur les deux joues, puis l'a menée jusqu'à moi. Il a immédiatement entrepris de nous changer de place. Nous nous sommes retrouvés à une table pour quatre au beau milieu de la salle, comme les joyaux de la couronne. Carmela a posé son chapeau rouge sur l'un des sièges inoccupés, sans s'émouvoir de l'effervescence que sa présence provoquait. Une sorte de gratitude affable et élégante imprégnait chacun de ses gestes. Le moindre commis aurait aussi bien pu être le fils qu'elle retrouvait après une longue absence. « Bonjour, Giovanni. Comment va ta mère ?

— Très bien, signora. Elle rentre bientôt à la maison.

— Elle doit te manquer.

— Sa cuisine me manque. Plate ou gazeuse ?

— Gazeuse, je pense. Il fait si chaud, dehors. » Et alors qu'il s'éloignait : « Et du champagne. Le même que d'habitude. » Elle s'est tournée vers moi.

« Est-ce que tu es devenu homosexuel, comme je l'avais prédit ?

— Oui. Mais je ne milite pas pour autant.

— Tu ne le cries pas haut et fort ?

— Juste pas fort.

— Et est-ce que c'est amusant d'être homosexuel ? » Son sourire n'était pas le moins du monde sarcastique.

« Je ne suis pas très doué, pour tout te dire. J'étais meilleur de l'autre côté. J'étais un vrai tueur, avec les femmes. Et toi ?

— Eh bien, des enfants. Nicholas, Jack et Carmela. Je n'ai pas pu m'en empêcher. Et un mari, pour l'instant. »

Avant que j'aie pu renchérir – et c'était mieux ainsi, car on retombait dangereusement dans nos réflexes du passé, dans le badinage léger et cruel –, l'eau est apparue et nous a été servie. Pas une goutte renversée sur la nappe immaculée. Puis le serveur est venu prendre la commande.

« Tu prends la raie ?

— Pourquoi dis-tu ça ?

— Je ne t'ai jamais vue prendre autre chose quand il y avait de la raie à la carte.

— C'était il y a un moment, chéri. Des années et des années. » Elle s'est tournée vers le serveur. « Je vais prendre la raie. » Puis elle m'a adressé un sourire éclatant dévoilant des dents parfaitement alignées qu'elle n'avait pas reçues telles quelles à la naissance. « J'ai un cadeau pour toi. »

Elle m'a tendu le sac. À l'intérieur se trouvait un plaid en vison, doublé de peau de chamois. Merveilleux. Immensément cher. Au beau milieu de l'été. Quelque chose me disait que c'était un cadeau fait à Carmela elle-même, sans doute à Noël dernier. « Je sais que tu as toujours adoré avoir un lit raffiné.

— C'est magnifique. Merci.

— De quoi on parlait ? »

J'ai posé le sac à mes pieds. « Je voulais te dire quelque chose. J'attends depuis des années, et quand je te l'aurai dit, tu pourras parler de tout ce que tu voudras. Sauf de ça.

— C'est ton déjeuner. C'est toi qui fixes les règles. » Elle ne souriait plus, mais elle était toujours aussi époustouflante.

J'ai fait une pause, avalé une gorgée d'eau. Je tenais à faire ça bien, il le fallait. L'occasion ne se représenterait pas. « Je suis tombé amoureux de toi dès notre première rencontre. Et puis on connaît la suite, pendant un temps tu as été mienne. Tu étais mon monde. Et le monde s'est écroulé, par ma faute, à moi seul. Mais je n'ai jamais cessé de t'aimer. Pas une minute, pas une seconde. Jamais. Je t'aime toujours. »

Elle est restée silencieuse un long moment, sans me regarder, les yeux fixés sur les clients chics dans cette salle exquise. Puis elle a tourné la tête vers moi, et la puissance de son regard m'a brûlé au cœur pour la dernière fois. Elle a tendu la main comme si elle allait me toucher le bras ou le poignet, puis s'est ravisée et l'a reposée sur ses genoux. Ensuite elle m'a regardé, sans amour ni passion, mais avec tout ce que son cœur pouvait contenir d'attendrissement et de compassion.

« Je sais », a-t-elle seulement dit, avec une douceur dans la voix, une tendresse et une bienveillance telles qu'elles pourraient me durer toute une vie.

J'ai repensé à Holly. « Si je te raconte ça, c'est parce que le plus grand péché, c'est d'aimer quelqu'un et de ne pas le lui dire. Si on se tait, cette personne ne sait pas, en marchant dans la rue ou en entrant dans une pièce remplie d'inconnus, elle ne sait pas qu'elle est aimée. Tu es aimée, et ça ne pourra jamais t'être retiré. Ce n'est pas grand-chose. C'est tout ce que j'ai. Peut-être que ça suffit.

— Je chérirai tes paroles aussi longtemps que je vivrai. Merci. » Elle était sincère.

Nos plats sont arrivés, et nous avons déjeuné en silence, comme le font les couples mariés depuis vingt-cinq ans. Parfois l'un de nous parlait de la météo ou de la saison de base-ball, mais jamais du passé ni du présent. Nous ne faisions plus partie de notre propre conversation. Ce n'était plus que du bavardage superficiel. On aurait aussi bien pu être deux étrangers assis par hasard à la même table dans le train ou pendant une croisière. Mais c'était agréable. Confortable. J'allais être en retard au boulot, et je m'en moquais.

Carmela a pris un sorbet et un espresso. Elle ne s'est pas hâtée, et je lui en ai été reconnaissant. Je devais ne plus jamais la revoir, et je voulais que toute cette vision, la robe à fleurs en soie, le chapeau et les chaussures carmin s'impriment dans mon esprit comme au fer rouge, afin que je puisse me remémorer le moindre détail à l'envi, pour toujours. Et elle le savait, elle qui n'avait qu'à ramasser sa capeline et son sac pour retourner à sa vie, à ses enfants et à son programme de l'après-midi. Un rendez-vous chez le coiffeur. Ou bien avec un décorateur, afin de choisir de nouveaux rideaux pour la bibliothèque. Mais ça ne pouvait pas durer. Il était plus de 14 heures, aussi a-t-elle repris son sac et son chapeau rouge. Elle m'a serré la main en partant.

Et alors je lui ai demandé : « Carmela ? C'était bien, quand même, non ? Pendant un temps ? »

Elle y a réfléchi. « C'était… amusant. Nuance. »

Je l'ai contemplée jusqu'au dernier moment, parlant au maître d'hôtel, puis franchissant les portes à tambour pour pénétrer dans le soleil, et enfin chaussant ses lunettes noires avant de prendre la direction de la 5ᵉ Avenue, sans hâte.

Quand j'ai demandé l'addition, on m'a informé que Madame y avait pourvu. Quelque peu embarrassé, mais touché, j'ai laissé quarante dollars de pourboire avant de replonger moi-même dans la chaleur de l'après-midi pour retrouver mon travail, la librairie, et ma vie ordinaire.

Le lendemain, je suis allé chez un bijoutier acheter une alliance, à l'intérieur de laquelle j'ai fait graver : « Avec mon amour éternel – Carmela. » Je la porte pour que les gens dans la rue sachent qu'il y a une femme en ce monde qui m'aime assez pour m'avoir épousé. Ça me procure du réconfort, et un sentiment de fierté.

Et certains jours, les bons jours, ou le lundi soir en me glissant entre mes draps frais et parfaits, j'y crois presque.

Avec mon amour éternel.

Carmela.

Coda

C'était mon tour de fermer la librairie. L'une des jeunes employées, une fille merveilleuse nommée Tara, couverte de tous les tatouages et piercings imaginables, réapprovisionnait les étagères. Comme elle était totalement incompétente en la matière, je lui ai donné un coup de main, terminant en quelques minutes ce qui lui aurait pris encore une bonne heure.

Nous sommes allés vérifier au café du troisième étage que des clochards ou des sans-abri ne s'étaient pas cachés pour la nuit, mais nous n'avons trouvé personne. Pas ce soir. Tandis que j'éteignais les lumières, Tara m'a regardé droit dans les yeux et a dit, la voix vibrant d'admiration :

« Mon vieux, je veux dire, tu connais vraiment ton métier. »

Je me suis tourné vers elle : « *Mon nom est Ozymandias, Roi des Rois. Contemplez mes œuvres, ô Puissants, et désespérez !*

— Hein ? elle a dit. Tu veux bien répéter ? »

TABLE

Imprimé en France par Maury Imprimeur
à Malesherbes en février 2020
N° d'impression : 243691
Dépôt légal : janvier 2016
X07745/61